Enquanto os dentes

●●--

Carlos Eduardo Pereira

Enquanto os dentes

todavia

Antônio não fuma há cinco anos. Ou quatro anos, dez meses e vinte e oito dias. Desde a manhã do acidente que o condenou à cadeira de rodas. Ele devia ter desconfiado de que a coisa era grave quando um dos maqueiros permitiu que fumasse enquanto esperavam pelos procedimentos de internação. Fumaram juntos até, sem trocar palavra. Levaram Antônio para uma pequena clínica que ficava perto do seu antigo apartamento. Agora é assim que ele se chama: seu antigo apartamento. Ficou nessa casa de saúde por quarenta e sete dias. Não era das melhores da cidade, mas era a que seu convênio pagava. Depois teve que melhorar de plano, eles chamam de upgrade, para ter direito a hospitais decentes em outros tratamentos que foi obrigado a fazer.

Ainda não chove tanto, e Antônio encontra no fundo da mochila uma camisa seca, que usa para enxugar as mãos. Não que se sinta incomodado propriamente com as gotas, mas precisa de um cigarro, e os dedos molhados atrapalham bastante nessas horas. A questão é que a água estraga o filtro e todo o resto, por mais que se procure segurar com delicadeza, quando tudo que se pretende é puxar a fumaça para dentro do peito.

Pede três varejos ao rapaz da banca de jornal, enquanto junta umas moedinhas da carteira. E o rapaz olhando. Três reais. Com mais três compraria um maço inteiro, só que ele não tem. Acende o primeiro cigarro e traga. Sente uma pressão nas costelas, um amasso que começa nas costas e desce pelos membros inferiores, deixando o rastro de uma ardência aguda, umas fisgadas, um choque de intensidade média, constante, até as pontas dos dedos dos pés. A queimação interna lateja e perturba mais o lado esquerdo, provoca nele uma tremedeira leve. Depois o enjoo. A partir daí é possível extrair algum tipo de prazer. Então fuma o segundo cigarro. O terceiro ele pensa em guardar para mais tarde.

Antônio sempre achou esta praça interessante. A estátua de Santos Dumont parece deslocada, ao pé de um 14-bis de costas para o mar. O chapéu de aba torta recebe os pingos, protegendo a cabeça de bronze em tamanho natural. Dá a impressão de que o homem está na iminência de se mexer. Um bando de mendigos começa uma disputa pelos cantos secos debaixo das marquises. Ele não consegue distinguir, na confusão, se ali tem mais crianças, ou adultos, ou velhos. Uma família numerosa.

A banca de jornal tem sua própria cobertura. Estreita, é verdade, mas vai ter que abrigar Antônio enquanto ele descansa fumando seus cigarros. O vento traz a chuva às suas pernas dobradas, encharcando a calça jeans. Sua preocupação é manter a chama acesa, portanto ele se posiciona de maneira que as rajadas não o atinjam em cheio. Não demora a concluir que o terceiro cigarro, o que fumaria mais tarde, terá que ser consumido ali. Impossível preservá-lo intacto até chegar ao seu destino.

A mudança saiu faz duas horas. Um finzinho de empréstimo bancário permitiu-lhe contratar apenas uma caminhonete de carroceria aberta, onde não sobrou espaço para ele. O homem do carreto alegou que só caberiam ele próprio e seu ajudante-que-acabou-de-chegar-do-interior. Antônio sorriu, fez que sim com a cabeça e acompanhou como pôde a acomodação dos pertences que lhe restaram: um pufe vermelho, um vaso de cerâmica com uma leguminosa, um outro com uma espada-de-são-jorge, três panelas, uma garrafa térmica, dois pratos, dois copos, dois garfos, duas facas, sete colheres, uma caixa de isopor tamanho médio, um pano de prato, um pano de chão, um cabo de vassoura com um gancho de plástico na ponta, um balde, um avental, uns cacarecos de enfeite, quatro pilhas de livros, um ferro de passar, cinco potinhos de vidro com tampa, pincéis, lápis, tesouras, rolos de fitas coloridas de tamanhos e larguras diferentes, uma máquina de costura, dois lençóis de casal, um cobertor, dois travesseiros e duas fronhas, dois cabides, três mudas de roupas bem dobradas, um criado-mudo turquesa, duas toalhas de banho, duas de rosto, um altarzinho de madeira e um quadro, o último, que ele mesmo pintou e não sabe se não conseguiu vender porque não interessou a ninguém ou se acabou não colocando a energia necessária para se desfazer dele.

O quadro traz a imagem de uma águia africana voando, que Antônio encontrou por acaso na internet e resolveu reproduzir. Ficou fascinado por essas aves pescadoras. Descobriu que elas mantêm um parceiro por toda a vida, que a fêmea bota em média dois ovos escuros com manchas encarnadas e é responsável pela incubação, mas é o macho quem senta sobre eles enquanto ela sai para buscar alimento, e que é natural que um dos filhotes acabe matando o outro a bicadas.

Deixou com o motorista o endereço de entrega e um mapa com as coordenadas, além dos telefones da mãe (o residencial e um celular que ela não sabe usar direito).

Quando estava vindo, Antônio reparou que o vagão do metrô tinha adesivos aplicados do piso ao teto, e também do lado de fora. Uma campanha institucional com um mulato cheio de purpurina nas covinhas das bochechas. Usava peruca azul e exibia uma camisinha de embalagem verde e amarela. Propagandeava um sistema de saúde que fornece em suas unidades testes grátis, rápidos, seguros e, sobretudo, sigilosos. Quatro estações com aquele garotão com pinta de saudável bem na sua frente. Não precisou fazer muita conta para concluir que a Quarta-Feira de Cinzas tinha passado fazia tempo. Ainda assim, a mensagem do governo permanecia ocupando a área do trem que nos horários de pico é destinada às mulheres. Os pombos evitam voar em dias chuvosos. Dezenas deles se entocam no prédio antigo que ocupa boa parte da praça. Uma mulher passa correndo por Antônio, sorrindo e saltando as poças, segurando um pequeno super-herói pelo pulso. O garoto se diverte ao desviar dos minipostes prateados que passaram a figurar aqui com a última reforma municipal, no centro de grandes círculos desenhados nas pedras portuguesas no chão. Antônio queria registrar esse instante. Moveria a câmera acompanhando sua trajetória na mesma velocidade, com o obturador aberto por um segundo, tempo suficiente para capturar o movimento sem que ficasse tremido. Mãe e filho, com suas pernas ágeis, congelados enquanto o entorno, o prédio e o mundo inteiro, passaria borrado por eles. Talvez não tivesse a habilidade necessária para obter esse efeito. O mais provável era que a mãe e o filho ao centro da foto tampouco ficassem nítidos.

A cadeira de rodas que Antônio usa agora é uma cadeira antiga. Porque a outra, uma cadeira de rodas importada da Alemanha que ele usou por quase quatro anos, quebrou. Ele a chamava de Das Gringa, isso porque em certas regiões da Alemanha existe o costume de dar nome aos locais onde as pessoas vivem, às suas casas. *Das Stille*, por exemplo. Antônio encomendou Das Gringa na cor *deep blue ice*, e ela foi confeccionada sob medida para acomodar perfeitamente seus ossos compridos. Encosto anatômico personalizado: rígido, porém confortável. A almofada foi paga à parte, assim como o compartimento de encaixar embaixo do quadro com uma bolsa com zíper acoplada a uma correia retrátil de segurança, tudo combinando em azul. O site do fabricante oferece uma bela variedade de opcionais tabelados em euro.

Antônio adorava seu design arrojado, sua estrutura compacta e leve, até porque engordou bastante nesses tempos de cadeira. Agora é que vem emagrecendo. Não sabe exatamente quanto, já que não tem como se pesar. Um cadeirante não consegue se pesar numa balança de farmácia, ou de consultório médico. O sujeito que usa uma cadeira de rodas precisa estar sempre se olhando no espelho, comparando seu reflexo com o do dia anterior: se a cara está mais larga, é porque ganhou peso; se está mais fina, é porque perdeu. É bom olhar para a barriga também, se ela cresceu ou se diminuiu. Outra maneira de verificar é sentando na cadeira de rodas e enfiando os dedos entre os quadris e as proteções laterais dessa cadeira: o esperado é que os dedos passem, nem muito espremidos nem frouxos demais.

A almofada tem um sistema de alta tecnologia, o fabricante chama de flutuação seca, que permite distribuir a pressão entre umas células infláveis e a bunda do usuário. Acompanha capa de proteção e bomba de ar. Seus gomos minimizam a possibilidade, ou mesmo excluem completamente as chances, de dores nas costas.

É preciso encomendar a cadeira e o resto com antecedência, os alemães deram noventa dias de prazo. Acabou ficando pronta antes. A ideia era que entregassem num hotel em Frankfurt, onde um amigo se hospedaria. O Arnaldo tinha viajado com sua companhia de dança a convite de um festival, desses que acontecem aos montes em vilarejos de nomes consonantais, e chegaria à cidade apenas duas semanas depois. Então a empresa teve que segurar a entrega por um tempo. A cadeira estava prontinha, perfeita, esperando por Antônio no Velho Mundo, e ele aqui. Paciência.

Como estratégia para evitar os muitos tributos que poderiam incidir sobre a importação, Arnaldo teve que montar a Das Gringa e fingir que era sua. Um bailarino de corpo perfeito bancando o incapaz pelos corredores de um aeroporto cravado no meio da neve. Mas funcionou. Os dois se divertiram um bocado reproduzindo a cena inúmeras vezes, incontáveis, para cada conhecido que encontraram naquela semana. Chegava alguém, Arnaldo insistia para Antônio se transferir para o sofá, Arnaldo sentava na cadeira, gesticulava usando um alemão arranhado, ruim de doer, depois ria, gargalhava, mais alto do que todo mundo.

Acontece que (num belo dia ensolarado, três anos e onze meses depois da compra, portanto já fora da garantia) a cadeira Das Gringa quebrou. Antônio teve que voltar para a antiga quando o quadro da nova se partiu em dois pedaços, o correspondente a uma fratura exposta na canela direita. Das Gringa foi para o lixo.

Na rua, as pessoas vivem olhando para Antônio. E ele sorri. É de se imaginar o que elas pensam ao cruzar com um cadeirante desacompanhado. Tem gente que basta topar com um infeliz numa cadeira de rodas que logo se oferece para prestar algum tipo de ajuda. Geralmente os que não podem nem consigo mesmos. Esta tarde já vieram duas velhotas de cabelo lilás, um altão com camisa do Vasco e uma magrela. Só que Antônio não quer nada além de ficar por aqui, fazendo um intervalo para depois seguir seu caminho. A vontade é de mandar para o inferno todos eles. Mas não foi essa a educação que recebeu. Por mais que não queira, que não possa, é obrigado a devolver o sorriso. O melhor sorriso.

Essas pessoas ajudariam de verdade é se lhe indicassem um banheiro, porque, neste momento, tendo que lidar com uma necessidade que surgiu de um minuto para outro, é só disso que Antônio precisa. Se vivêssemos num mundo ideal, aqui na praça haveria um banheiro público com uma cabine adaptada, daquelas exclusivas para cadeirantes, e Antônio entraria nela. Se encontrasse um desses pela frente ele poderia se recuperar de uma espécie de vertigem, mesmo que dentro da cabine houvesse vassouras, rodos, baldes, e tudo aquilo que os funcionários da limpeza não têm mais onde guardar (nem todo mundo ideal é tão ideal quanto a gente gostaria). Esta cadeira de rodas antiga é uma merda. É o que Antônio deveria dizer em voz alta, sem se importar com o que o rapaz da banca de jornal pudesse achar, mas não diz. Porque ele não fala palavrão, e "merda" para ele é sim palavrão. Combinaria melhor com ele a expressão "horrenda". Isso. Diria "Esta cadeira antiga é horrenda". Foi a primeira que ele usou, já saiu da clínica montado nela, e montado nela Antônio acaba ficando ainda mais curvado. Faz um esforço muito maior para tocar para a frente (ele se arrasta por aí numa poltrona da vovó), e a coluna, é óbvio, reage, pede mais remédios. Sente falta da sua Das Gringa. Com ela, rodava as calçadas livre deste barulho arranhado insuportável. Alguém lhe disse para não se desfazer da antiga, nunca se sabe quando a gente pode precisar, foi assim que esse alguém falou. Então combinou com a mãe de esconder a cadeira no porão da casa dela, sem o Comandante saber.

A mãe conheceu o marido no comecinho dos anos 1970. Ela vem de uma cidade portuária, do subúrbio de uma cidade portuária, igual em tudo a quase todas elas, e o tempo nesse tipo de lugar vai numa velocidade diferente, e as notícias chegam do mar. Essas notícias vêm como um circo, que mal aparece e já vai carregando a lona para outras bandas, então você não sabe se fica ou se vai junto. A mãe era apenas uma menina, e se encantou com aquela figura imponente, vergando uma farda branca. Eles se viram pela primeira vez numa viagem de instrução que ele fizera muito antes de se tornar o respeitável comandante Da Silva. Naqueles tempos não passava de um calouro, ou boy, como se diz na Marinha. Engataram um romance a distância. Só se encontravam em algumas poucas semanas no ano, nas folgas dele, quando podia viajar para vê-la. Ele foi seu príncipe no baile de debutante, para orgulho dos pais e dos irmãos da mãe. Passou sozinho no concurso para a Escola. Foi aprovado sem antes frequentar um cursinho preparatório ao exame tido como dificílimo por quase todo mundo, e isso de não vir de cursinho não era comum, a maioria dos aspirantes-a-oficial-de-Marinha primeiro estudava num curso específico, por um ano, por dois, alguns até por três anos, e ali se preparavam para a interminável sequência de etapas de admissão, e só depois ingressavam efetivamente na tal Escola. O Comandante não, ele estudou por conta própria. Caiu de paraquedas numa Turma que já se conhecia de antes, que já vinha de uma espécie de período de estágio, que já chegava sabendo que daria todo o sangue para a Marinha do Brasil. O que faz dele um quebec, no jargão naval, um tipo particular de intruso, que não dá para dizer que seja uma figura indesejável, mas que precisa suar a camisa até conquistar a confiança dos colegas.

O celular de Antônio toca. Para não chamar muita atenção quando sai, ele costuma colocá-lo sobre a almofada, encaixado entre as pernas, no modo vibratório. Só percebeu que alguém ligava porque precisou se ajeitar na cadeira, esbarrando a mão nele. Identifica o número da mãe no visor, então aperta a tecla que interrompe a vibração do aparelho.

O prédio antigo não é bem um prédio, é uma fachada somente, uma casca art déco para uns poucos compartimentos da estação das barcas. Elas fazem o transporte público de passageiros entre os dois lados de uma baía de água poluída. As filas nos guichês já concentram um volume razoável de usuários, ainda que não tenha passado muito de meio-dia, o que quer dizer que não estamos no horário de pico. Antônio encontra uma brecha na fila de guarda-chuvas coloridos e passa em direção ao acesso lateral improvisado onde um funcionário vai liberar sua entrada sem que ele precise pagar a passagem, cortesia de um acordo entre a concessionária que administra o serviço e o Governo Federal. O cadeado está aberto, mas Antônio prefere não entrar. Aguarda uns minutos até que chega uma mulher de colete laranja e faz deslizar pelo trilho o imenso portão gradeado de ferro, resmungando que ele poderia muito bem ter passado sozinho.

Dentro da caixa de sapatos gigante que é o terminal das barcas quase não se sente o cheiro de urina lá de fora. O que contribui bastante para embaçar os sentidos é o volume da televisão, ligada para ninguém num treino classificatório de Fórmula 1. Ele não presta a mínima atenção, nem os usuários que se acumulam esperando o próximo barco atracar. Costumava assistir às corridas assiduamente, desde pequeno. O Comandante era fã do Nelson Piquet, aquele, sim, macho de verdade. Brigão, mulherengo e bom piloto. Antônio falou mais ou menos isso para os moleques lá da rua, na última vez que tentou se enturmar.

Havia muitas brincadeiras de garoto, guerra de amêndoa, golzinho, pipa, taco, rolimã, cuspe a distância, e Antônio era um desastre em todas elas. Mas em corrida de chapinha ele se destacava. Era o responsável por desenhar as pistas, reproduções dos circuitos que ele conhecia tão bem. Desenhava na calçada irregular, não exatamente como eram, mas simulando florestas e pontes, riscando o chão às vezes com tocos de giz, quase sempre com pedaços de tijolo. Tinha jeito para desenho e talento para atividades manuais em geral, era o que diziam. A mãe guardava as tampinhas das garrafas de cerveja ou do refrigerante de domingo e Antônio separava as mais lisinhas, as que não tinham sido deformadas pelo abridor, para usar nas competições. Com o tempo, desenvolveu técnicas para incrementar seus automóveis imaginários, testando materiais, derretendo cera de vela na parte de dentro das chapinhas, misturando tintas, cores as mais variadas, proporcionando estabilidade, e beleza, aos petelecos. Mas teve essa vez que Antônio inventou de comentar sobre o Piquet. Encheu a boca para repetir o que ouvia em casa: que o cara era um tremendo garanhão, que não perdoava mulher boa que encontrasse pela frente, que ele comia tudo que era modelo, ou namorada, ou mesmo esposa de colega. O Piquet tinha desses direitos, era campeão do mundo, o mais antigo da categoria. E se algum infeliz resolvesse encrencar, ainda por cima apanhava. Como na vez em que ele encheu de pancada o Nigel Mansell, com capacete e tudo. Falou isso de um jeito que era – e ao mesmo tempo não era – o do Comandante. A rua inteira olhando para Antônio. E a coisa piorou com ele se empolgando ao falar das cores da equipe: que o preto da escuderia não era exatamente preto, que era um outro matiz (foi essa a palavra que ele usou, matiz), que estava mais para o grafite. De repente os garotos, os pais dos garotos, todo mundo começou a gargalhar, só umas mães que não. Apontavam para ele, gritando e fazendo sinais obscenos. Quem já tinha pentelhos arriava a frente dos shorts para mostrar. Um dos pivetes escarrou na camiseta dele. Identificaram que a sua tevê não era colorida, já que o matiz (eles repetiam, imitando uma vozinha fina), o matiz da escuderia era azul, e não grafite. Antônio correu para casa e apanhou como o diabo. O Comandante enquanto batia reforçava que era para Antônio aprender. Que era para demonstrar como ele tinha que ter feito com eles todos.

A área de embarque já está lotada. Sua perna esquerda treme, ou fica como que dando chutinhos no tendão de Aquiles de alguém que estivesse de pé na frente dele. Esses espasmos acontecem quando o lesado medular sente algum desconforto. Antônio frequentou por sete meses, dois dias na semana, um programa de reabilitação, num centro de referência bancado pelo Ministério da Saúde e algumas empresas associadas. Lá eles ensinam, a custos realmente baixos, que nessas horas se deve aliviar a pressão. Isso previne o surgimento de úlceras. Então ele suspende o corpo, se apoiando sobre os braços escamoteáveis, porém bastante firmes, da cadeira de rodas antiga.

Um sujeito de bigode grisalho chama sua atenção. Tem pinta de cigano e olha fixo para ele (é o único, os demais preferem adotar uma estratégia de não constrangimento, enfiando o nariz no telefone). O cigano o observa como quem confere um desastre de carro na rua. A visão de uma criatura erguida pelos braços, numa postura curvada, com uma perna morta-viva, deve mesmo ser das mais chocantes.

Não que Antônio tenha condições de se deslocar nesse aperto, mas de onde está consegue enxergar o painel informativo, lá no alto, dizendo, entre outras coisas, que no terminal eles têm uma cabine adaptada (o que lhe causa, ao mesmo tempo, alívio e ansiedade). Mais tarde, no entanto, ele vai descobrir que todos os banheiros têm na porta aqueles avisos de NÃO ENTRE, BANHEIRO EM MANUTENÇÃO. Antônio tenta sorrir para uma gorda que, de passagem, lhe esfregou no nariz cada uma de quatro sacolas molhadas de supermercado. A sensação de sufocamento começa a diminuir quando escuta os apitos, indicando ao mundo todo que o barco realiza as manobras protocolares de atracação.

A estação das barcas, que ainda há pouco estava cheia, agora fica vazia. Vem na cabeça de Antônio o antigo apartamento. Ele morou em quatro endereços desde que deixou a casa da sua infância, faz uns vinte anos.

Primeiro foi viver num quartinho alugado de uma família-já-
-sem-condições-de-se-sustentar, numa cobertura com uns janelões que davam para uma vista de cartão-postal, num bairro que já teve sua nobreza. Ficou lá até se formar na faculdade. Ele havia procurado por muito tempo nos classificados algum lugar que lhe servisse, que fosse relativamente barato e que ficasse próximo à universidade que passaria a frequentar. Chegou a visitar alguns imóveis, mas sempre ouvia que a preferência era por jovens estudantes mulheres, que costumam ser mais discretas e mais responsáveis. Acabou conseguindo aquela

vaga em negociação direta com os proprietários, um casal cujo filho tinha saído de casa. Fez um depósito adiantado de cinco aluguéis (não que tivesse dinheiro sobrando, isso ele não tinha, mas havia economizado por meses), um aluguel de valor reajustado todos os anos. Era um quartinho de empregada, com acesso pela porta da cozinha, de onde ele jamais teve a chave, de modo que, se tivesse que chegar de madrugada, vindo de um bico de garçom, por exemplo, porque ele não era de sair à noite, nem era esse o combinado com os donos da casa, o combinado era chegar no máximo às dez, Antônio ficava na recepção do prédio esperando amanhecer.

Depois veio o casarão no alto da ladeira do bairro dos artistas, um casarão construído no século XIX, carecendo de reformas, onde Antônio dividia espaço e despesas com uns amigos loucos, amigos dos tempos da faculdade, que gostavam de anunciar para o mundo que formavam um coletivo de criação. Lá participou das primeiras festas, e conheceu gente descolada e cheia de ideias, gente que não se importava muito com as questões práticas da vida. Um dia apareceram funcionários da prefeitura com um mandado judicial nas mãos, em cima de tratores e de escavadeiras. Apesar dos protestos de um grupo reunido às pressas, todos abraçados circundando o terreno, em atitude solidária, o casarão foi demolido.

Os familiares de um amigo moravam todos num terreno com várias quitinetes que também alugavam para conhecidos, e Antônio se mudou para uma delas. Era numa comunidade com fama de tranquila, pacificada pela polícia militar. Esse amigo descia o morro de manhã e cumpria um circuito pelos condomínios da região, trabalhando de faz-tudo. Antônio o acompanhou naqueles tempos como ajudante de eletricista, de bombeiro hidráulico, de pintor, de marceneiro, de estofador. Conseguiu reunir umas economias até que teve oportunidade de alugar o que ele agora chama de antigo apartamento.

Na primeira vez que entrou nele, quase voou pela janela. É que no chão, acompanhando as paredes dos três cômodos que davam para o prédio vizinho, havia uma viga. Essa lombada, que alguns chamavam de boca, outros de dente, estava por toda a extensão lateral do edifício, rasgando os apartamentos a cada determinado intervalo de andares. Servia para dar sustentação. Ela era feita de ardósia, como o piso de quase toda a casa. As exceções eram na área de serviço e na cozinha, que formavam um conjunto em L revestido em porcelanato cinza-rústico. Na empolgação do momento, Antônio correu para conferir a vista à esquerda, que mostrava ao longe o pé da montanha mais famosa da cidade. Então tropeçou e teve que se apoiar no parapeito para não se esborrachar no térreo, depois de um salto livre do sétimo andar. O funcionário da imobiliária, que era seu amigo, riu demais da sua falta de jeito, as gargalhadas ecoando pelo corredor e pelos quartos. Esse amigo informou que o proprietário até tinha pensado em colocar uma faixa adesiva amarela naquele dente, para chamar a atenção dos desavisados, mas desistiu. Antônio achou graça, e seguiu conferindo cada cantinho do imóvel.

Espalhadas pelo chão do apartamento havia umas caixas de papelão e muitas folhas de jornal velho com respingos branco--gelo. Antônio conseguiu fazer a vistoria antes de qualquer interessado, já que seu amigo tinha podido atrasar o anúncio por uma semana, e também conseguiu simplificar ao máximo os trâmites administrativos obrigatórios para o aluguel de valor mais baixo do que a média na região.

Antônio fez um *open house* quando tinha apenas um colchonete, um frigobar, uma cafeteira de segunda e uma sanduicheira, em que também fritava ovos. Foi num domingo à noite, e quando deu oito, oito e pouco, os convidados foram chegando. Ninguém do prédio apareceu, apesar de Antônio ter chamado os vizinhos, e o síndico, e os rapazes da limpeza. Nem o casal-da-cobertura (que ele chamou mais por educação). Nem o pessoal do período na favela. E Antônio queria distância de qualquer um com quem tivesse convivido antes de entrar para a faculdade.

Aos poucos, o novo lar foi ganhando uma cara. Esse era disparado o melhor lugar em que ele já tinha vivido. Amplo, três dormitórios. Escolheu um para si, ajeitou outro para os hóspedes eventuais e o terceiro, o maior deles, transformou em ateliê. Pé direito alto, ambiente ventilado (se abrisse as janelas e a porta de correr dos fundos, formava uma agradável corrente de ar no fim do dia). Gostava de receber pessoas, de preparar quitutes e bebidinhas para todos. Foi um período em que as coisas caminharam muito bem, pintava um job atrás do outro.

Antônio sempre foi controlado com dinheiro. Pagava as contas, planejava o investimento num equipamento novo ou numa viagem, e de vez em quando ainda poupava algum. Os amigos sabiam que ele gostava de trabalhar à noite, sozinho. Apesar disso, não chegava a ser surpresa quando o interfone que instalou no ateliê grasnava nas horas mais improváveis. Logo subia alguém com uma garrafa, às vezes um monte de gente junto. Mas isso foi antes do acidente.

Os sinais luminosos encarnados voltados para a praça, enormes e em forma de X, terminam seu trabalho de convocação dos retardatários e param de piscar, de modo que o terminal das barcas se encontra, outra vez, relativamente vazio. Antônio aproveita a oportunidade e se dirige ao portão gradeado para pegar um pouco de vento e de chuva na cara. Percebe a sequência de carrocinhas (de churro, pipoca, x-tudo, rodeadas de gente faminta enganando a vontade com amendoim torrado) e só então se dá conta de que todos aqueles pneus são idênticos aos da sua cadeira. Das Gringa tinha uns especiais, fininhos, não precisava encher nunca, e que não serviram, é claro, nesta outra.

É inacreditável, mas de dentro da estação Antônio reconhece um sujeito se agitando todo na praça. Um fio de voz cumprimentando os passantes, pedindo dois *merréis* e desejando uma viagem segura para todo mundo. A mesma voz do adolescente de quem ele um dia já foi muito próximo, seu companheiro de armário na Escola.

Antônio tenta evitá-lo. Seria fácil se esconder na confusão do terminal, acompanhando, a uma distância segura, seus movimentos de mestre-sala. De qualquer forma o Nascimento não ia se lembrar, depois de tantos anos. Ainda mais com o Antônio nessa cadeira de rodas. Talvez ele tenha se descuidado, confiando justamente nisso, e chegado perto demais. "Da Silva?", chamou a voz rouca.

Eles conversam sobre os tempos de Escola, como se os episódios da juventude tivessem ocorrido ontem mesmo. Nascimento não para de sorrir, feito antigamente, escancarando as placas de tártaro amarelo-esverdeadas. "Eu sou uma libélula azul!", ele grita com gestos largos, imitando algum estranho animal voador. "Não era assim que te chamavam? Bem me lembro dos veteranos te aplicando esse trote. Um deles, como era mesmo o nome? Um deles não podia ver você que, onde fosse, no pátio interno, alojamento, no quarto de serviço, só fazia um sinal de leve e tu tinha que fazer assim ó, que nem tô fazendo agora: Eu sou uma libélula azul!" E ele voa de novo. "Com os outros era diferente, Da Silva, a gente era obrigado a pagar flexão de braço, mas contigo era assim mesmo. Eu bem me lembro."

O Nascimento volta a ser aquele moleque bonito, inteligente (ele era o mais antigo do pelotão, e nas forças armadas antiguidade, ou a ordem classificatória indicando quem sabe mais e quem sabe menos, é a base de tudo: a velha dupla hierarquia e disciplina). Já apresentava uma espécie de inquietação, uma revolta com não se sabia o que, fazendo dele o mais autêntico de todos aqueles meninos. Antônio pergunta onde está morando, ao que Nascimento responde apontando para uma trouxa de roupas no chão. Resume em pouquíssimas palavras os muitos anos desde seu último contato. Fala da mãe que morreu, da avó que morreu. Fala das drogas, dos filhos, de outras tantas cabeçadas. "Eu tô na rua por opção." Se empolga mesmo é com as histórias antigas. A memória do Nascimento funciona embaralhando trechos absurdamente detalhados com imensas porções de quase nada. Não pergunta da cadeira. Talvez tenha percebido o estado de Antônio, mas não diz. Continua com as passagens do internato, é o sujeito mais feliz do mundo, gargalhando de satisfação a cada fiapo recuperado da outra vida.

Parece não guardar rancor de ninguém, do que o fizeram passar. "Éramos todos garotos", ele diz, coçando os pontinhos prateados de barba por fazer, "mais ou menos da mesma idade. Lembra do Gargamel? Tu não se dava bem com aquele cara, né? Eu bem me lembro. Ele foi expulso da Escola. Quer dizer, foi convidado a se desligar, como se falava. Coisa de trote, não sei se tu já tinha saído. Ele pegava pesado demais. E o Bettega? Tu lembra do Bettega, né? Foi jubilado também, só que por pederastia." O Nascimento ainda traz o cacoete de roer as unhas fracas, no sabugo, até sangrar. Ele inclina a cabeça um pouco para o lado e olha fixo para Antônio, enquanto usa a dentição mole para arrancar os restos encravados dos dedos da mão direita. "Da Silva, o que que tu tá achando da vida, hein?" E logo volta para os tempos de boy. Muitas lembranças do colega de Turma colocam Antônio em lugares onde ele nem esteve. "Ah, não foi isso, não? Engraçado, eu bem me lembro de você, no escuro, lendo pra mim uns poemas, lá no fundo do alojamento, baixinho, quase sussurrando, pro oficial de dia não pegar a gente fazendo barulho depois do silêncio."

O Nascimento não vem sozinho. Ele estica o braço e pega, de uma criatura rota usando vestido, um cigarro fumado, que os dois velhos companheiros dividem. "Na escassez, sempre se arruma alguma coisa, tá me entendendo? A gente dá um jeito. Tu tá com pressa?", ele pergunta. *Imagina, eu tenho todo tempo do mundo*, Antônio pensa em responder. "Olha, Silvinha, bom demais te encontrar por aqui hoje. Então preciso aproveitar, com todo respeito, pra te confessar uma coisa: fui eu que piroquei o teu livro. Tu sabe, aquela gramática bonitona, acho que foi do teu pai. Na hora eu neguei tudo, lógico, te disse na encolha que tinha sido o Vieira, lembra dele? Mas fui eu. Rabisquei teu livro todo, cada página. Caneta verde, caneta azul, desenhei milhões de caralhinhos voadores. Risquei a porra toda. Piroca grande, piroca pequena, piroca de asa. Acusei o Vieira porque era puto com ele, porque achei que tu ia rebentar, sabe, achei que ia descontar no primeiro filho da puta que encontrasse. Mas não. Tu olhou pra minha cara, guardou o cadeado arrombado do escaninho, o livro cheio de caceta, e foi dormir. Não fez nada. Aquilo me quebrou. Era pra te sacudir, tá ligado? Fiz pra você reagir. Mas você não reagiu. Aquilo me quebrou, e eu tô te confessando agora: fui eu que piroquei a merda da sua gramática. Tu me perdoa?" Nascimento diz que às vezes dorme em banheiros públicos. "Tem hora que a gente para e pensa: puta que o pariu, o que que eu fui fazer da minha vida? Bate um arrependimento do caralho. Um arrependimento monstruoso, tá me entendendo? Mas, bicho, tu continua magrelo, hein, acho que tá até mais magro. E essa voz? Tá mais dura. Diz pra mim: você tem medo de morrer?" Antônio tenta ignorar a pergunta. "Vagabundo sabe o berimbau que toca", diz então, e sorri olhando para os próprios pés. "Depois do que a gente passou. Olhando assim eu vejo logo, bicho, a gente é muito parecido. Tivemos uma educação diferenciada, é ou não é? Nós somos indestrutíveis. Mas anda, diz pra mim, você tem medo ou não tem?" Agora é Antônio quem sorri. Eles ficam de se ver novamente, ali mesmo, dentro de uma semana, apesar de saberem que isso não vai acontecer.

Antônio observa o Nascimento desaparecer na chuva da praça. E se distrai com o costume antigo de inventariar os objetos em seu campo de visão: dezoito orelhões azuis (azul que é a cor da companhia telefônica, que os espalha em todas as esquinas, atopetados de panfletos na parte interna com fotos anunciando encontros promissores), vinte e nove bicicletas alaranjadas (laranja que é a cor do banco parceiro do Estado no desenvolvimento de políticas em favor de uma mobilidade urbana mais razoável, cada bicicleta dessas devidamente encaixada na respectiva posição), cinco andaimes de estrutura metálica tubular e prédios, muitos prédios, incontáveis.

Há muitos pontos de contato entre Antônio e o Comandante, a começar pelo nome: ambos se chamam Antônio. Desde antes dessa gravidez da mãe, já estava decidido que o filho se chamaria assim. Podia ter sido Antônio Filho, Antônio Júnior, mas acabou que o funcionário do cartório recebeu a orientação de registrar em seu livro Antônio da Silva e Silva, juntando o da Silva do Comandante ao da Silva da mãe, com um quê de nobreza, marcando assim uma ascensão social familiar, que até ocorreu. Antônio também estudou na Escola (e uma das tradições mais respeitadas na Marinha manda que um aspirante filho de ex-aluno adote o mesmo nome de guerra do pai), mas não chegou a concluir o curso. Um dia Antônio arrumou suas trouxas e simplesmente pulou fora daquele lugar.

Passa correndo por ele um rapaz que deve frequentar uma faculdade de música ou um conservatório. A dedução é pelo estojo de violino que carrega, envolto num plástico transparente. Antônio tenta se acomodar na cadeira ao mesmo tempo que ajusta seu porta-coisas, certificando-se, uma vez mais, de que ainda o tem bem preso à mochila, como nas outras mudanças que fez. Dentro do tubo preto mantém uma tela, perfeitamente acondicionada, pintada a partir de um pôster reproduzindo um quadro famoso. Pôster que comprou na lojinha de um museu em Roma, num mochilão que fez de carona num mercante. Antônio destacou apenas uma parte da obra, um detalhe para servir de molde, um recorte preciso utilizando um estilete apropriado, e aproveitou o fragmento não no sentido retrato, mas no paisagem, com uma mãe e seu filho morto, ambos deitados, e não de pé, como queria o autor do original. Antônio enxerga o luto na palidez da pele, nos olhos fechados, nas flores e nos ornamentos de caixão dessa cena. Ele tinha a intenção de emoldurar e expor na parede da sala, mas nunca o fez. Os amigos não gostavam tanto, e as visitas sentiam que faltava alguma coisa nela, por isso a manteve enrolada. Era comum, em geral quando estava sozinho, que a desenrolasse, prendesse a certa altura e a certa distância, e ficasse admirando suas cores vivas.

Certa vez, no antigo apartamento, com a tela presa com fita-banana à porta ao lado do espelho do armário do quarto (o espelho que Antônio usava para se vestir, para se certificar de que estava bem composto antes de sair de casa, pois sofria do receio recorrente, um pânico, de que pudesse estar pela rua sem as calças, ou com os sapatos trocados, ou sem os sapatos, as meias, e só perceberia quando alguém o abordasse na calçada, já num bairro distante, alguém virasse para ele e dissesse olha, meu filho, não é por nada não, mas você aí com essa braguilha escancarada, assim não pode), ele ouviu de um amigo da época, ambos deitados na cama virando uma ou duas garrafas de vinho chileno, os planos para uma exposição individual das boas.

O amigo andava obcecado por paleontologia. Vinha pesquisando todos os detalhes sobre mamíferos gigantes, principalmente as preguiças, as preguiças-gigantes, que ele chamava de *megalonyx*, como se fosse uma palavra conhecida do mundo inteiro. Disse que estavam extintas fazia mais de dez mil anos e que dava para deduzir muito sobre elas através de seus excrementos fossilizados. A ideia era montar, possivelmente no galpão que um conhecido de Antônio mantinha na região do cais do porto, um espaço para acomodar as grandes instalações que representariam as angústias do escultor contemporâneo frente aos desafios impostos pela sociedade do consumo. Ele pretendia montar, ou reconstituir, esse é o termo correto, reconstituir a anatomia de um conjunto de fósseis utilizando o material adequado para aquilo, decisão que tomaria mais tarde, só depois de terminar o planejamento complexo e de refletir profundamente sobre o conceito das obras que teriam o título de Era Glacial número um, número dois e assim por diante, até chegar ao quinze. Só que ele não queria antecipar demais, tinha o projeto todo em sua mente, mas se recusava a registrar maiores detalhes no papel temendo ser copiado. Não via problema em falar um pouco para Antônio, porque a amizade entre os dois estava acima daquelas questões, diria apenas o suficiente para adiantar o que deveria ser passado ao tal conhecido do galpão, para despertar seu interesse e gerar expectativa no mercado, potencializando o impacto que a estreia teria. Assim que ele tivesse algo de concreto, correria para garantir seus direitos sobre a ideia original.

Antônio gostava também de ficar à janela da sala ouvindo música (o aparelho ligado direto, volume baixo para não incomodar os vizinhos), fumando no escuro e acompanhando o movimento da calçada lá embaixo. Uma estante ocupava uma das paredes, e nela Antônio expunha seus livros de literatura, o *Manifesto Comunista*, seus livros de filosofia, seus livros de arte e outros objetos, uma *botija* encarnada que havia comprado numa feira em Buenos Aires, uma cumbuca marajoara com motivos em relevo (que, segundo o vendedor nativo, se tratava de uma urna funerária, o que era muito estranho considerando as dimensões reduzidas), discos antigos de bandas que não tocam mais, discos do Prince, discos do Wando, o novo da Björk. Usava as capas e as lombadas dos livros para compor a decoração, contrastando as cores com a superfície branca da sala e da própria estante, que ele havia encomendado a um marceneiro habilidoso. Tudo mudou quando, ainda na primeira internação, teve que fazer uma reforma no imóvel. A obra foi tocada sob a supervisão do Arnaldo, que tinha suas próprias chaves de lá.

Foram só as primeiras modificações, as mais urgentes. O básico para que ele pudesse retornar para sua vida normal: no banheiro, o vidro do boxe (teve que ser trocado por uma cortina de florzinha), o chão desse banheiro (ganhou um caimento de alguns graus, alguns centímetros na direção do ralo, para conter algo da água que escorria porta afora em cada banho sem a pedra de contenção), o gabinete (precisou sair para dar espaço para alguém apertado numa cadeira de rodas), as barras de metal chumbadas na parede de azulejos (apoios desnecessários, só depois é que Antônio foi descobrir), o piso antiderrapante (igualmente inútil), o vaso sanitário (acabou substituído por um no qual se encaixasse uma cadeira higiênica), o bidê (foi arrancado), a instalação da porta de correr no tal banheiro (e em todas as demais da casa), e a bancada da cozinha, e o armário do corredor, e as alturas das coisas, enfim, o mais urgente. Depois ainda viriam outras obrinhas. Mexeram em todos os cômodos. Só não tocaram no dente, na viga de sustentação.

Antônio passou a utilizar o elevador de serviço. Avançava pelas áreas comuns até dar no salão de festas. O porteiro o avistava pela tela do circuito interno e, minutos depois, vinha alguém com a chave do portão. Ele cruzava a garagem passando pela lixeira, pelo bicicletário e pela montanha de tranqueiras que o condomínio não tinha um lugar específico para deixar, então ganhava a rua revestida de pedras portuguesas, evitando assim os degraus da recepção. O prédio é antigo, com a fachada reformada, condizente com os moradores do bairro, que já não ostentam o mesmo prestígio de outras gerações. O bairro fica na região nobre da cidade, mas nem tão nobre assim (próximo demais do centro, a quatro estações do metrô, e deve-se respeitar a lógica de que, até certo limite e se você não é um trabalhador braçal, quanto mais longe do centro melhor).

Antes de o carro capotar, Antônio costumava andar de bicicleta. Uma das primeiras aquisições no antigo apartamento foi uma bike de segunda mão, que mais à frente ele trocou por uma importada. E teve um período em que ele trabalhou no Tribunal de Justiça, no centro da cidade. O caminho até lá podia ser feito de bicicleta, por um parque de árvores enraizadas num aterro que há décadas, desde um plano de urbanização da prefeitura, ocupa o espaço onde antes ficava o mar, com seus campos de futebol, suas quadras de vôlei nos fins de semana, seus pivetes, sua vista assombrosa que dá para o outro lado da baía, seus praticantes de corrida ou de aeromodelismo. Ele chegava em trinta minutos. Era um programa voltado para estudantes de direito, mas não era condição obrigatória. Tecnicamente, o candidato precisava apenas estar matriculado num curso de graduação. Antônio fazia filosofia, e um amigo conseguiu a vaga para ele. No papel, estava numa vara de sucessões. Restaurar processos é a função que mais se aproxima de uma atividade artística na rotina de um cartório, e pouca gente tem paciência ou habilidade para encarar os volumes imensos e empoeirados. Assim, todos pareciam felizes e orgulhosos ao transferir o trabalho para o altão prestativo e delicado, que tinha jeito com as grandes agulhas e os rolos de linha resistente, liberando os demais universitários (futuros bacharéis) dessa função, para se dedicarem às atividades realmente importantes, mais próximas do cotidiano de um advogado de verdade. Antônio aprendeu a manipular as capas de processo, as etiquetas, as presilhas para apensar os autos com um funcionário antigo que estava por lá desde garoto, quando, graças aos esquemas do pai, havia entrado para o Judiciário pela porta lateral, e já se podia dizer que era um velho, aguardando a sua hora, que nunca chegava, de ser chefe da repartição. Devido à carência de pessoal, Antônio costumava ser cedido a outras serventias, de outros juízes, até desembargadores, para ajudar, sem compromisso, no que fosse necessário, aproveitando sua natureza dócil, seu trato cordial, sua articulação, seu inglês e seu espanhol. Uma vez, do fumódromo, avistou duas senhoras: uma de pé, que era a filha, e a outra cadeirante, que era a mãe. Elas estavam precisando de ajuda, perdidas na confusão de corredores e rampas de acesso, então Antônio fez o que se esperava dele: apagou o cigarro, pediu licença e correu para dar uma força.

Do terminal, ele relembra o trajeto que cobriu ao sair da estação do metrô em direção às barcas. Passou pelo complexo de prédios anexos ao Tribunal, pelos bares que servem almoço por quilo e depois de certa hora fazem happy hour (e cujos garçons sempre se confundem na hora de fechar a conta), pela sede da empresa que administra seu plano de saúde (ele prefere desmaiar de fome a deixar a mensalidade em aberto), pelos engraxates engravatados de rua, pela boate que já foi cinema e promove eventos *petit comité* com bebida liberada até o nascer do sol, pelas casas noturnas com nomes de terras distantes como a Escandinávia, pela livraria que também já foi cinema e vende livros, discos, brinquedos e café com bolo, pelo largo que é sede de um bloco de carnaval e do barracão de uma escola de samba, pelos motéis fuleiros cujos quartos ficam escondidos escadas estreitas e mal iluminadas acima, pelo clube *ladies free* que admite a entrada de alguns homens depois que o show começa, pelo imponente edifício rococó português que é guardião do conhecimento do mundo inteiro, pela praça do teatro onde rapazes e moças se procuram noite e dia, pelo distrito naval, pela zona, pelos sebos cheios de livros e outros cacarecos, pelos inferninhos, pelo instituto bancado pela Federal, que mistura os departamentos de psicologia, ciências sociais e filosofia.

Antônio desperta com o sino da igreja velha, do outro lado. Acompanha até o final a sequência de toques que ecoam pela praça, sem saber muito bem como. A melodia famosa em homenagem à Mãe de Jesus seguida de seis badaladas. No terminal tem um painel de informações que ninguém lê. Nele se encontram os horários de saída e de chegada das barcas e as respectivas estações. Há uma rotina prevista para os dias úteis, que é diferente daquela dos fins de semana, que por sua vez é diferente da dos feriados. Na legenda ao pé do quadro se pode entender o regime de asteriscos e luzinhas verdes ou encarnadas. São sete sequências que destacam as exceções, as variantes possíveis relacionadas principalmente às condições meteorológicas e de navegabilidade adversa. Às sextas, por exemplo, e hoje é sexta-feira, eles encaixam uma embarcação extra, mais tarde, que pode ou não funcionar, pois no transporte aquaviário a prioridade é sempre a segurança daqueles que pagam pela certeza de um serviço sem sustos. Antônio conclui que ainda pode evitar mais uma barca, irá na próxima.

Um funcionário de colete laranja, solícito, arma um sorriso torto para o nada e pega sem avisar no apoio da cadeira, conduzindo Antônio até a proa da *Gaivota*, enquanto discute pelo rádio ações com certeza muito urgentes para o bom funcionamento do sistema, para melhor escoar o fluxo de passageiros no horário mais pesado, que aumentou trinta por cento desde que começaram as obras de modernização e embelezamento que a administração pública tem feito pela região. O mar está mexido, o que faz com que a barca chacoalhe um pouco mais do que o normal, e o funcionário de colete acha por bem transferir a manobra de embarque do CDR (é assim que eles chamam o Antônio, de CDR), para os marujos vestindo outro tipo de colete, que já devem estar acostumados com a operação de transferência entre o barco e o cais que também balança, quase tanto quanto, só que no sentido contrário. Os dois marujos articulam um movimento coordenado, um deles empurrando por trás, empinando a cadeira de Antônio, e o outro indo de costas meio abaixado, puxando a cadeira pela frente. Terminada a faina, eles encaixam Antônio no local próprio para isso, ajeitam seus gorrinhos, prestam orgulhosos uma quase continência e passam o serviço para outro funcionário, sem colete e sem gorrinho, vestindo uma camisa branca com o logotipo da concessionária e uma gravata listrada de nó pronto. Enquanto as pessoas entram e saem, se esbarrando numa sincronia misteriosa, o funcionário vai dando as informações pertinentes a Antônio, o passageiro especial, que é uma de suas funções. Está dizendo que é um prazer para a concessionária transportar um cidadão ativo como Antônio, que a empresa passa por um período delicado com o aumento da procura pelo serviço, que já era grande, Antônio pode imaginar, e são diversos os fatores que diariamente influenciam a operação do transporte aquaviário, inclusive no tempo de percurso, é bom que se diga. Diz que a grande quantidade de lixo na baía interfere na velocidade das embarcações e, consequentemente, no tempo de viagem. Que, após fortes temporais, o lixo represado nos rios que deságuam na baía é levado pelas marés até as rotas e áreas de manobras das embarcações. Que, em épocas de muitas chuvas, e essa é apenas uma informação protocolar, nada que cause maiores preocupações à administração do sistema, nessas épocas a quantidade de lixo flutuante chega a triplicar, provocando quebra de peças e aquecimento dos motores das embarcações, que muitas vezes precisam sair de operação para reparos de emergência. Que os principais problemas ocasionados pelo lixo são o entupimento da caixa de mar, dos ralos de fundo, dos filtros e das válvulas, a perda de potência no sistema de propulsão, com o enrosco de redes e materiais plásticos, além do travamento do eixo e de quebras de caixas redutoras e reversíveis. Que a concessionária está buscando, junto aos fabricantes das embarcações, alternativas técnicas para minimizar ao máximo os impactos ocasionados pelas adversidades que escapam ao seu controle, mas que ainda assim a empresa reconhece os problemas enfrentados pelos usuários do sistema aquaviário e é sensível a eles, por isso trabalha sem medir esforços com o objetivo de oferecer um serviço de qualidade. Que os cintos de segurança estão sempre ok para o uso de cadeirantes, as instruções estão afixadas no teto, como bem se pode ver, elas são autoexplicativas. Por fim, diz que precisa se apressar, que a concessionária deseja uma ótima viagem, e sai.

Os passageiros estão todos acomodados. Nas centenas de cadeiras, no chão, na proa, na popa, nos degraus das escadas. Tem gente dormindo, tagarelando, música alta saindo de celulares, gente navegando na internet, lendo livros de autoajuda, de fantasia. Antônio observa uma rodinha de sueca, e tanto os que estão jogando quanto os que esperam a próxima rodada bebem cerveja de latão. Ele lembra de um domingo no passado quando o Comandante voltava de barca com ele para casa depois de um passeio. Costumava sair com o filho nos dias de descanso mesmo que chovesse pedra, e com frequência encontrava por acaso uma amiga do trabalho, enquanto a mãe ficava em casa preparando o macarrão. Nesse dia também estava chovendo, e, por algum motivo, eles se atrasaram para o almoço e só voltaram já de noite. Antônio tinha ido buscar uma cerveja. Naquele tempo as latinhas eram feitas de outro material, mais resistente, e era fácil acontecer o que aconteceu: a lata não abrir direito e o anel saiu na mão do Comandante, que enfiou a ponta da chave de casa para tentar resolver a situação. Saiu muita espuma e a cerveja estava meio quente e lhe pareceu amarga, e o Comandante esbravejou com Antônio. Ele já estava meio que esbravejando com a amiga, que também meio que esbravejava com ele, mas o vento forte embaralhava o que diziam. Então o Comandante deu um safanão em Antônio, acusando-o de ter vindo brincando, chacoalhando a bebida distraído, e mandou que pegasse outra sem pagar, porque aquela não prestava, e virou para voltar a discutir com a amiga. Eles nunca mais voltaram a fazer aqueles passeios.

Antônio pensa nas considerações que o funcionário da gravata de nó pronto fez antes de sair. Que agora existem barcas mais velozes, modelo catamarã, que cobrem o percurso bordo a bordo da baía muito mais rápido que as convencionais e elas atracam logo ali ao lado. Que o valor da tarifa é um pouco mais caro, mas o benefício da gratuidade também se estende a elas. Caso Antônio desejasse, a transferência poderia ser feita, entretanto, infelizmente, o catamarã *Saldanha da Gama* já estava lotado. Que o espaço destinado aos clientes especiais também é ocupado pelas bicicletas, cujo transporte é gratuito todos os dias da semana, respeitando o limite de dez por viagem (acima disso fica sujeito a avaliação). Que os usuários que portam bicicletas não dobráveis e os cadeirantes são os últimos a embarcar e desembarcar. Que Antônio podia ficar despreocupado se desejasse se transferir, pois embarcaria no próximo catamarã, que encostaria em poucos instantes. Sua vaga ficaria reservada, e Antônio pouparia tempo, se as condições de navegabilidade permitirem que se faça ainda hoje mais uma viagem. Antônio tinha agradecido e sorrido para o funcionário, dando a entender que estava bem acomodado ali mesmo, na *Gaivota*, e que não havia problema se ela fosse devagar.

Ele sente umas pontadas de enjoo e pensa que sempre foi assim, desde menino, quando rodava de carro ou explorava as dependências das embarcações em movimento nos passeios de domingo. Primeiro vem a salivação, a boca cheia do líquido amargo vindo da porção superior do estômago, engasgando a sequência de canais até se acumular na língua, que Antônio tenta conter inutilmente, confiando na barreira de molares, caninos, até de sisos, confiante de que vão conter a enxurrada. Se esforça para deter a inundação apoiado na muralha de dentes. Se agarra às placas de contenção, mas não tem jeito, é um esforço inútil. Antônio sempre perde a batalha. Depois ainda vai piorar, a salivação vai virar uma outra coisa, os restos mal processados do jantar de ontem voltarão em jatos, o café da manhã, o pão dormido sairá das entranhas numa forma diferente, meio pastosa meio estraçalhada, mal dissolvido no suco esverdeado que será expulso violentamente, impulsionado por movimentos que Antônio não poderá controlar. Esses surtos podem ser classificados numa escala de intensidade, dos menos severos aos mais complicados, e de alguma forma Antônio aprendeu a se defender dos ataques. Geralmente procura uma privada num banheiro desses de rua, mas existem dois ou três bizus, que desenvolveu a partir da vasta experiência, da auto-observação, dos conselhos da mãe e dos marujos que encontrou na vida. Esses macetes são medidas simples como ter sempre à mão um saco coletor de urina (desses de plástico com uma cordinha, que vendem nas farmácias), ingerir biscoitos cream cracker e alimentos frios (em quantidades pequenas e frequentes; o jejum prolongado pode ser um problema), evitar frituras e alimentos muito pesados ou temperados, e dar preferência a coisas assadas, cozidas, grelhadas, carnes magras, sopas, verduras e legumes em forma de purê, manter distância de banana, manga, abacate, pêssego, fruta-do-conde, atemoia e graviola, além do pequeno truque de mastigar limão, e Antônio traz na mochila um saquinho com rodelas de limão. Esses ataques são potencializados pelo uso contínuo de certos medicamentos, mas quanto a isso Antônio não pode fazer nada. Está condenado a conviver com cada vez mais desses medicamentos. A coisa vem de repente, e ele é obrigado a se aliviar pelo costado de bombordo da *Gaivota*, o que é o mesmo que dizer que vomita se escorando na lateral esquerda da embarcação. Os outros sentem nojo da figura pálida responsável pelo fedor, por espalhar o cheiro azedo que não se dissipa de jeito nenhum, nem com o vento.

Após alguns instantes de paralisia, Antônio se recupera e abre os olhos (o que não faz tanta diferença, já que passa a encarar o breu da noite). Sufocado pelo sopro da chuva, ele morde uma das rodelas de limão, com casca e tudo, o que costuma aliviar minimamente o desconforto e ser bastante bom para o hálito. Então se apruma na almofada, sorri e começa a folhear o jornalzinho que é distribuído de graça no metrô, o qual sacou da lateral da mochila, fingindo ler as notícias que agora tem à frente do nariz. Antônio passa os olhos pelas palavras, mas pensa mesmo é nas apostilas de formação da juventude, nas publicações oficiais que regulam as ações marinheiras. Lembra que há pelo menos seis tipos de movimentos das embarcações, considerando-se os diferentes estados do mar. Lembra que estranhava haver tantos, que há os movimentos rotativos e os lineares, que para cada um deles existem dois nomes em português e outros dois em inglês, o idioma internacional para assuntos navais, que achava engraçado dizer caturro ou cabeceio em vez de simplesmente balanço, os principais causadores de náuseas e outros fricotes, como dizem os homens de convés. Lembra da cara do Comandante, incapaz de disfarçar o desgosto pelo filho, que não se virava muito bem com aquelas questões.

Antônio permanece algum tempo com o jornal colado na cara agora um pouco menos pálida, talvez por causa do limão. Pelo janelão emperrado no modo aberto, tenta firmar a vista no horizonte (mais um bizu para enfrentar a vertigem), o que não é tarefa nada fácil, considerando o estado das coisas. Lá fora está tudo escuro. De tanto olhar, sempre se acaba encontrando um lugar confortável, algo seguro, para sustentar a visão. A baía de noite é confusa, não dá para distinguir onde termina o mar e onde começa o céu, mas Antônio aos poucos vai descobrindo alguns pontos de referência. Nas boias marítimas, que são iluminadas, respeitando as convenções internacionais que orientam os navegadores nos canais de entrada e de saída dos portos e outros lugares, com uma luz verde a boreste, e uma encarnada a bombordo; na ilha, que é uma pedra toda manchada de cocô de pássaro; na ponte, que liga os dois lados da baía e mais parece uma cobra, se olhada assim deste ângulo à noite, uma cobra fininha com a pele brilhante raiada pelas luzes de freio das lanternas traseiras dos carros agarrados no trânsito infernal, e a gente fica sem saber de que lado fica o rabo; nos barquinhos dos pescadores à deriva, indefesos diante de outros muito maiores. Dois apitos longos e um curto avisam que uma embarcação vai passar rente à *Gaivota*. Parece um desses navios-tanque gigantescos. Não dá para saber só de olhar, mas Antônio acha que enxerga uma bandeira preta hasteada no mastro principal. Ele imagina as muitas atividades proibidas, percebe a espuma gosmenta e o rastro que o petroleiro vai deixando atrás de si, vislumbra a tripulação composta por asiáticos descalços sem camisa, bêbados de rum, mal-humorados e brigões, envolvidos com pesca ilegal, jogos de azar, contrabando de coisas e de gente. Sabe o que encontraria dentro daqueles contêineres sem lacre, consegue adivinhar a estrutura tomada pela ferrugem, sente o que deve haver nos porões, a carne estragada. Prevê as festas a bordo com ninfetas locais, as visitas guiadas às cobertas, aos triliches feitos de lona. Festas regadas a aguardente fermentada por eles mesmos, onde tudo é permitido, enquanto os nativos estão absolutamente empenhados em promover o intercâmbio pacífico entre os povos.

Antônio sente o celular vibrando. Verifica o visor, vê que é a mãe outra vez e simplesmente desliga o aparelho, sem atender. Ele pensa em como deve estar se virando com a nova situação. Um filho voltando para casa a essa altura da vida pode ser um processo espinhoso. Ela não lida bem com as novidades, evita surpresas, e nesse ponto viver com o Comandante até que é bom. Eles tocam uma relação baseada, acima de tudo, no previsível, no rotineiro, o que transmite a ela a segurança necessária. A mãe se apoia em dois pilares: os cuidados ao marido e a dedicação religiosa. Ela se levanta, rigorosamente, às seis da manhã (uma hora e quarenta minutos antes disso já está acordada, mas antes de qualquer coisa deve rezar), mesmo aos domingos, e vai preparar o café do Comandante, que, enquanto isso, vai se barbear. Depois de lavar a louça, a mãe confere a despensa e faz uma lista (ela percorre diferentes mercados todos os dias, num roteiro que depende das promoções destacadas nos encartes da semana). Faz as compras a pé, distribuindo igualmente o peso das mercadorias entre as sacolas seguras que carrega no braço direito e no esquerdo, para não forçar demais a coluna, e guarda tudo ao chegar em casa. Ela prepara o almoço feito um robô japonês, depois de tantos anos reproduzindo o cardápio predeterminado, como frango grelhado às segundas ou peixe frito às quartas. Hoje, ao meio-dia em ponto, eles comeram um belo bife malpassado, batatas fritas, arroz branco (o Comandante não suporta o integral), feijão preto e salada verde. Até o dia acabar, é louça, lanche, louça, janta e louça. Nos intervalos, ela reza.

Uma série de ilhas de tamanhos diferentes vai passando, algumas de morar, contempladas no plano de realocação demográfica arquitetado pela administração municipal, mas a maioria serve apenas de base para um conjunto de instalações militares: as ilhas que servem de paiol, a ilha que é presídio para os marinheiros que ferem as normas previstas no código penal específico a eles, a ilha que serviu aos dois lados em disputa pela posse do território a ser colonizado desde 1500. Esses lados firmaram cada qual suas alianças com as tribos indígenas locais, que apoiavam cegamente o explorador branco em troca de espelhinhos. Teve o caso de um guerreiro português que levou uma flecha envenenada bem na testa, que morreria não tivesse intervindo por ele o próprio São Sebastião. Então dominadores e nativos expulsaram juntos os franceses usurpadores de suas riquezas naturais, e o palco da disputa sangrenta foi o pedaço de terra cercado de água por todos os lados que séculos mais tarde viria a se tornar a sede da orgulhosa Escola Nacional da Armada. Quando Antônio se apresentou na Escola pela primeira vez, era seu aniversário. Ele fazia dezesseis anos naquela manhã ensolarada. Chegou sozinho ao distrito, carregando o malão contendo cada item do enxoval, como discriminado na relação recebida pelos correios. Grupinhos de pais e mães chorosos enchiam de recomendações os garotos de olhos brilhantes, calça jeans e camiseta. E Antônio ali parado. Rapazes de farda cinza impecável com barretes no peito, dourados de ofuscar a vista, verificavam os nomes da listagem dos ainda candidatos, recebendo um por um a bordo do navio de instrução *Almirante Lúcio Meira*, respeitando a ordem de classificação do concurso, ou antiguidade, como em tudo na Marinha. Antônio foi o décimo segundo a entrar no barco, que não balançava, porque o mar estava calmo. O rapaz de farda cinza que o recebeu sorrindo perguntou pelo comandante Da Silva, sem ajudá-lo com o embarque de suas coisas. Os candidatos tomaram os respectivos assentos numerados após acenarem com seus lencinhos brancos para os familiares já distantes no cais. O mais franzino dos rapazes de farda subiu no palanque armado no convés, dando início aos procedimentos de boas-vindas, o que fez cessarem automaticamente as conversas paralelas. "Senhores, muito bom dia. Devo dizer que é uma verdadeira honra ter sido escalado para conduzir este momento solene, em que os senhores deixam com orgulho seus lares e são recebidos de braços abertos pela mais tradicional das três Forças Armadas. A Marinha sempre forte pela pátria é o desejo de nossos corações. Nós somos, e os senhores em breve poderão ser, as sentinelas dos mares deste glorioso país, e isso nem de longe é pouca coisa. Eu me refiro aqui a uma responsabilidade imensa. Os senhores, volto a dizer, os senhores estão prestes a se juntar aos melhores. Alguns aqui vão se tornar membros da elite que é conhecida por todos como a esperança da armada. Não cabe aqui reproduzir expressões em latim, pois os senhores ainda não possuem os conhecimentos necessários para isso e não quero constranger ninguém. Alguns aqui vão se tornar bravos marinheiros, que, com garbo varonil, seguirão sempre avante, pois o Brasil espera que cada um cumpra o seu dever. Pois bem, senhores, devo concluir desejando boa sorte a todos e declarando iniciado o período de adaptação. A partir de agora serão chamados pelos números de entrada, até que, em momento oportuno, sejam definidos seus nomes de guerra. Informo que não toleramos balbúrdia e que os comandos devem ser respeitados prontamente." O rapaz no palanque olhou para seus colegas de farda cinza, que aguardavam a conclusão da fala de pé e ao fundo, de frente para ele e às costas dos candidatos. Então, assumindo posição de sentido, ele soltou a voz cavernosa para ordenar: "Zero Doze, avança!".

A ilha onde fica a Escola está localizada aqui bem no meio da baía, mais ou menos à mesma distância de qualquer lugar para onde se queira fugir. A janela do alojamento em que Antônio se deitou naqueles anos fica virada para o norte. Ele cansou de olhar por ela depois do toque de silêncio, tentando enxergar o bairro da infância e pensando no que estaria perdendo. Na barca, voltando do trabalho, está a filha de um casal de amigos do Comandante e da mãe, Betânia. O Comandante, ainda tenente novo, foi morar naquele bairro, que fica num subúrbio bem menos subúrbio do que o lugar onde ele se criou. Assim que voltou da Viagem de Ouro, fez questão de usar o dinheiro que sobrou das diárias em dólar (quase não frequentou os braços quentes das polacas, quase não chafurdou nas festas de porto em porto na Europa e nos demais continentes) para comprar à vista o terreno disponível e construir, pode-se dizer com as próprias mãos, a casa que ainda está lá. Essa viagem é o sonho de qualquer aspirante a oficial. É ela que sustenta os momentos de dureza e é uma espécie de compensação por tudo o que se tem de passar em sete anos cascudos de educação diferenciada. Os rapazes se formam e no dia seguinte embarcam num navio-escola para uma viagem de volta ao mundo, de onde a maioria vai direto para o altar.

A casa fica perto de uma vila militar, o que possibilitou uma aproximação com os paisanos, incluindo o pai de Betânia. As famílias gostavam de pensar que em poucos anos os dois, que estavam sempre juntos para cima e para baixo, se tornariam marido e mulher. Ela bem que quis estar com Antônio naquela manhã ensolarada no cais do distrito, no dia do primeiro embarque para a Escola, mas o Comandante determinou que o garoto fosse sozinho, como passo inicial da jornada que ia transformá-lo num homem de verdade.

Antônio reconhece a voz de Betânia e seu jeitão de abrir caminho entre as pessoas. Ele se ajeita na almofada e ela se curva numa tentativa de abraço, então pergunta pelo Comandante e pela mãe, diz que faz um tempo que não sabe deles, e emenda: "Já conhece meu namorado?". Antônio sorri, fazendo que não com a cabeça. Faz anos que não fala com ela.

Betânia está sempre atrás de companhia. Foi criada para casar e, por causa disso, nunca teve muito critério para escolher namorado. Uma das primeiras tentativas foi Antônio, e ela demorou para se conformar com o fato de que entre eles não poderia haver nada além de amizade. Os dois, jovenzinhos ainda, trocavam confidências, conversavam sobre rapazes. Era a Antônio que Betânia recorria para saber se um garoto novo no bairro era mesmo bonito de doer, e era para Betânia que Antônio perguntava se era normal não sentir nenhum interesse pelo sexo oposto.

Betânia fala sem parar, mas ninguém parece ouvir. Seu namorado, enquanto isso, cuida de manter os óculos de armação colorida cravados em Antônio e de sorrir como quem diz muito prazer, meu nome é fulano de tal. Betânia vai emendando uma frase na outra, feito uma desesperada, por minutos. Até que ela para, dá uma boa olhada nos dois rapazes, manda recomendações ao Comandante e à mãe, diz que a cadeira de Antônio é bem bonita e arrasta o boyzinho para outro canto da *Gaivota*.

Antônio teve muitos amigos como o namorado de Betânia, com seus cabelos cuidadosamente desgrenhados. O antigo apartamento era um entra e sai desse tipo de gente, e dá para conhecer bastante das pessoas só analisando a forma como se mostram ao mundo: o estilo na cor e no corte de cabelo, que tipo de tatuagem carrega na pele, a pinta, se o camarada escorrega nos trejeitos, a boca mole, o sorriso, se ele faz ou se não faz as unhas das mãos, ou dos pés, a roupa, os acessórios, se usa brincos ou piercing no nariz, essas coisas. Antônio procura não chamar muita atenção no jeito de se vestir e de se portar. É discreto, raspa a cabeça desde novo, quando se acostumou a ser levado pelo Comandante semana sim semana não ao barbeiro da rua de baixo (ainda hoje há barbeiros em atividade, mas naquele tempo havia muito mais, em cada esquina), porque crioulo tem que manter o pelo curto, e Antônio tecnicamente é mulato, já que o Comandante é branco e a mãe é preta.

Um desses amigos de Antônio era o Macrau, que costumava frequentar o antigo apartamento carregando debaixo do braço LPs do Jorge Ben e do Martinho da Vila, como se fossem sua tábua da salvação. Era metido a músico e dublê de professor de pré-vestibular comunitário, fazia parte de um coletivo de rua e morava um tempo aqui outro ali. Numa dessas de lutar pelos direitos dos animais, dos negros, por uma educação de qualidade, Macrau foi parar na cadeia. Parece que as autoridades confundiram uma faixa feita de palavras de ordem escritas em tinta encarnada com porretes cheios de pregos enferrujados saltando. Confundiram também um megafone velho de voz rouca com uma ampola de coquetel molotov ou coisa do tipo. Parece que apanhou, que estava sem os documentos, parece que a coisa ficou preta. Nunca mais se soube dele.

Antônio sente uma dificuldade tremenda toda vez que está diante de um formulário qualquer que pergunte profissão. Depois de pensar sobre o assunto, ele geralmente escreve produtor de eventos. Acredita que profissão é necessariamente aquela atividade que traz algum dinheiro, que paga as contas, tendo o sujeito ou não tendo formação para exercê-la. Antônio foi muito mais assistente de produção de eventos do que qualquer outra coisa. Começou na faculdade, com o pai de um amigo que era publicitário e tinha uma dessas agências que divulga qualquer produto desde que paguem bem. Como Antônio sempre foi boa-pinta e articulado, logo se tornou responsável pelas equipes de jovens que não faziam muita coisa além de ficar se admirando na frente do espelho, gente que se vale da aparência para ganhar uns trocados. Em paralelo, fazia extra de garçom em festas de empresa, levava algum traduzindo textinhos ou vendendo monografias, foi cuidador folguista de uma velha que era morre não morre. Quando percebeu que poderia tentar outra vida largando a Marinha, começou a projetar sua baixa. Passou meses planejando os detalhes, no mais absoluto segredo. Escolheu a faculdade certa, fez vestibular e passou, tudo em silêncio. Levantou custos e decidiu onde ia morar, sabendo exatamente quanto custaria cada refeição, cada passagem de ônibus, de barca ou de metrô. Economizou o quanto pôde e, quando voltou das férias, a primeira medida foi solicitar uma audiência junto ao capitão de mar e guerra que comandava o quartel. "Mas garoto, a Marinha precisa de, precisa de homens como você. Tenho certeza absoluta que seu futuro será brilhante. Não vai querer jogar fora todo o investimento que fizemos em você, vai? Pode falar, tá sendo pressionado? Tá sofrendo alguma perseguição, de algum colega? Fala. Nossa conversa não sai desse gabinete. Em todo caso, posso tomar minhas providências, fique descansado. O trote, Zero Doze, o trote é mais antigo do que tudo por aqui, todos passamos por isso, inclusive eu, a minha Turma. Pode ser difícil, reconheço, mas molda o caráter. Acredite, aqui se forjam homens de verdade. Rapaz, presta bem atenção, logo agora que as coisas tendem a melhorar você me apronta essa? Não se preocupe, o quinto ano é bem mais tranquilo. Daqui a pouco você é veterano e, quando menos espera, oficial. Passa rápido. Seu pai tá sabendo dessa presepada? Aposto que não. Ele tá servindo onde mesmo? Eu vou ligar pro Da Silva. Isso, eu ligo pra ele e resolvo rapidinho essa acochambração. Fica calmo, vamos decidir o que for melhor pra você, entendeu?" Mas não teve jeito. Antônio voltou para a posição de sentido, prestou uma continência vigorosa e caiu fora dali. Direto para o quartinho do apartamento em que moraria pelos quatro anos seguintes.

A faculdade de filosofia era próxima de outros departamentos, e Antônio foi se enturmando principalmente com os alunos de letras, cinema, artes cênicas, design, esse pessoal. Pensou até se não deveria mudar de habilitação, mas as longas conversas no bar do campus, que ele passou a frequentar diariamente antes de voltar para o quarto, regadas a cerveja de garrafa, fizeram com que entendesse que não importava tanto o que viria escrito no diploma. Antônio se juntou a essa turma, com quem tinha muito mais afinidades. Começou com uma dúvida que o fez refletir por muito tempo, sozinho, porque morria de vergonha de passar recibo de ignorante para aquelas pessoas tão preparadas: qual seria afinal a diferença entre artes plásticas e visuais? Acabou concluindo que artista plástico é aquele cara que tem formação sólida, que estudou desde menino para dominar a técnica de pintar ou de esculpir, enquanto o artista visual usa as habilidades em potencial, junta o pouquinho que sabe de uma coisa e mistura com o pouquinho de outra, manipula o conhecimento adquirido em boas escolas, em viagens pelo mundo, na internet, para criar uma ponte de comunicação. A bordo da *Gaivota*, Antônio se lembra do desenho que o Comandante costumava manter guardado no armário que dividia com a mãe. Era uma reprodução vagabunda do *Homem vitruviano*, de Da Vinci. Muitas vezes Antônio escutou o Comandante elogiando a obra, suas proporções perfeitas. E o autor, que ele considera mais do que tudo um cientista, porque esse negócio de arte não passa de uma tremenda frescura, palhaçada de uns desocupados bem-nascidos que nem desconfiam do esforço que se tem de fazer para colocar feijão dentro de um prato.

Antônio procura se distrair lendo uma placa informativa da *Gaivota*. Ali está escrito que ela suporta dois mil passageiros sentados, não nas escadarias ou no chão, mas nas cadeiras semiacolchoadas, por medida de segurança. Está escrito que ela foi entregue pelo estaleiro ao grupo que administra a concessão em 1980, que é do modelo monocasco, ainda que a distância entre a ponta da quilha, no fundo do barco, e a linha d'água seja variável, dependendo da carga. E que não pode extrapolar determinado número de pés, senão afunda. Antônio lê detalhes sobre a estrutura da embarcação, lê que para seguir seu propósito ela deve ser capaz de transportar cargas e de resistir às ações do meio e às suas próprias, sem sofrer falhas por fraturas ou deformações permanentes. Portanto, pode ser comparada a uma viga.

Antônio não escreve, mas gosta de ler. A mãe também gosta, mas os livros que lhe caem à mão passam primeiro pelo Comandante, e não se sabe se ele de fato lê as biografias dos grandes heróis da Guerra do Paraguai, as narrativas envolvendo as incríveis manobras do almirante Nelson no cabo de Trafalgar, as descrições minuciosas do pulo do gato dos bravos soldados aliados na manhã do Dia D. Na sala dos pais há uma estante de madeira escura, e as lombadas douradas das enciclopédias seguem a ordem numérica. Nas redações de escola, talvez por causa de um texto muito frouxo, Antônio dificilmente tirava dez. E isso era um problema. O Comandante certa vez criou um sistema complexo, uma planilha onde ia computando as médias bimestrais do filho todos os anos desde a quarta série, e com base nessas estatísticas calculou um coeficiente capaz de apontar de imediato se ele era ou não um dos vinte por cento mais antigos, ou mais bem-sucedidos, da turma. Se a nota fosse baixa, ou seja, menos de oito e meio, o pau cantava de verdade. Toda vez que o filho fazia por merecer um corretivo, o Comandante se encaminhava solene para o passadiço, o quartinho de bater, passando pela área de serviço, onde, pendurada na parede de azulejos brancos, ficava a Madalena. Então começava um momento só dos três: do Comandante, de Antônio e do cinturão com nome de cantora de cabaré (o Comandante nunca explicou o apelido, mas se tratava de um desses cintos de campanha, feito de couro desgastado, com um metro e dez de comprimento e uns quatro dedos juntos de largura, que havia sido presente de um colega da infantaria do Exército ao fim de um curso de guerra na selva, e tinha uma fivela grossa de algum tipo de metal enferrujado e uma sequência dupla de passadores para prender cantil ou facão de abrir picada na mata, feitos do mesmo material). Antônio trazia a Madalena, fechava a porta atrás de si, acendia a lâmpada fluorescente e, de frente para o pai, se preparava para a lição.

Antônio tem dificuldades em lidar com o silêncio: nas artes (num livro, numa peça de teatro, num museu, o público sempre em silêncio, abrindo espaço para o artista apresentar sua visão de mundo), nas Forças Armadas (depois das dez da noite e até as seis da manhã em qualquer quartel que se preze vigora o horário do silêncio, e o mais moderno deve aguardar em silêncio a manifestação do mais antigo, seja nas formaturas, no rancho ou no trato social), nas famílias, no antigo apartamento. Antônio procurava evitá-lo, mesmo quando os amigos não estavam. Enquanto arrumava a zona depois de uma festa, por exemplo, mantinha o som ligado. Falava sozinho, como se participasse de um talk show, descrevendo para o apresentador interessado as particularidades de um projeto em andamento, ou algum trabalho que estivesse desenvolvendo.

Não se conversava sobre qualquer assunto na casa da sua infância, mas algumas histórias o Comandante gostava de contar. Falava da Madalena, e quem ouvia pensava que era uma tia distante, um membro da família, e se orgulhava de seu espírito disciplinador. Nos churrascos no quintal, para uma plateia atenta, comendo e bebendo sem limites, o Comandante ensinava como se deve agir em certos casos. Ressaltava a importância da voz de comando, pois o líder da tropa deve mostrar para seus comandados quem é que apita, ordenando uma única vez, e ser respeitado por todos aqueles que ou seguem suas determinações ou vão sofrer as consequências cabíveis. No ritmo da tia distante, membro da família, que ensinou muita coisa nessa vida a Antônio, como não se mostrar inconveniente jamais, por questão de orgulho e de educação.

Conforme evoluía na carreira, o Comandante foi sendo chamado de formas distintas. Assim que se mudou para a vizinhança, seu peito estufava de orgulho a cada vez que ouvia Chefe, fosse no quartel, na padaria do bairro ou mesmo em casa. Após alguns anos virou Capitão. E de Capitão foi a Comandante. Dá para dizer que Antônio também passou pelos interstícios, uma série de apelidos se sucederam desde a rua da sua infância. Primeiro foi Charuto, depois Linguiça Preta, depois Freio de Burro (referência ao aparelho dentário que, além dos ferros de dentro da boca, tinha uma estrutura externa composta de um aro semicircular, fininho, fixo pela frente, bem no meio, e preso nas laterais por sulcos onde se encaixavam pequenas argolas elásticas, que completavam o conjunto com uma faixa de couro dando a volta por trás no pescoço). Na Escola, de Zero Doze virou Da Silva e, em algum momento, veio a metamorfose para Libélula Azul (e não se sabe quem registrou a mudança, se algum veterano gaiato ou se um colega de Turma, o certo é que pegou). Quando pisou na faculdade, ele se apresentou aos novos amigos como Tony, e assim ficou nos perfis das redes sociais.

Antônio olha para a cidade, que vem se transformando a cada dia, num movimento progressivo, seguindo uma ideia de urbanismo vertical. Os acordos com as construtoras, que vencem as licitações oferecendo o mais em conta de três orçamentos para o Estado, preveem alterações sempre apontando para cima. O que não se vê nesses casos é a terra podre, o subterrâneo formado de terreno arenoso misturado com água salobra, as máquinas nos condomínios ligadas dia e noite, bombeando uma coisa barrenta, depositando em algum terreno baldio, em algum rio ou lagoa, o lodo que está na base, teimando em retomar o espaço que um dia foi seu. E é nesse universo que se espalham as redes de túneis das empresas de energia, do combo de tevê a cabo, internet e telefone, os dutos de água, de gás e de esgoto. A céu aberto, as coisas vão se descobrindo. Alguns cenários mudaram bastante no bairro da infância, outros nem tanto. As ruas, desertas após determinado horário, têm mais postes, só que os pontos de luz amarelada não chegam a iluminar convenientemente o caminho. Antônio se esqueceu dos buracos. Naquele sub-bairro específico, as vias são ainda mais acidentadas, e ele vai precisar de força nos braços para superar o paralelepípedo irregular, o meio-fio alto, a calçada devastada pela raiz da amendoeira, e a ladeira um tanto íngreme para chegar em frente ao muro de chapisco da casa onde foi criado.

Do lado de lá da baía, a *Gaivota* vai dar em outra praça. Chegando ao terminal, Antônio vai cruzar o aterro composto de campos de futebol que são areia pura, quadras de concreto com tabelas de basquete quebradas e aros empenados, montinhos de terra e tufos de grama, uma lona cultural da prefeitura caindo de desuso, meia dúzia de aparelhos de mexer os ossos de contribuintes da terceira idade, e nenhuma cobertura contra a chuva. Mas o que deve impressioná-lo de verdade é a vista que se tem logo ao sair da estação. Quem deixa as barcas é obrigado a contemplar o paredão sem tamanho ao fundo de tudo. Antônio vai encarar o morro, a quantidade inacreditável de luzinhas acesas feito estrelas no céu preto, as luzes dos postes, os emaranhados de fios que saem das gambiarras que, de alguma forma, distribuem energia aos moradores da maior comunidade da região, que hoje deve estar tranquila, porque nenhum dos lados em disputa por território vai se atrever a dar de cara com a chuva braba. Se fizesse um sol bonito, Antônio poderia enxergar a pedreira que ocupa uma parte à esquerda da montanha, que certamente daria para abrigar centenas de famílias não fosse a encosta, o barranco que a cada verão aumenta devido às trombas d'água que engolem aos pouquinhos aquilo que um dia já foi uma floresta.

Antônio tem um amigo que é cria dessa comunidade. As casas onde foram criados ocupam regiões distintas do bairro, ainda que coladas, mas um bom observador percebe a diferença entre elas. Esse amigo trabalha como auxiliar de serviços gerais no condomínio onde fica o antigo apartamento. Às vezes cumpre expediente na recepção, cobrindo o horário de almoço de algum dos porteiros. Ele chega mais cedo e sai mais tarde que os demais funcionários, porque complementa a renda lavando os carros dos moradores e não pode fazer isso enquanto varre o chão, passa pano nas áreas comuns do prédio ou cuida do jardim. Ele também se chama Antônio. Os dois se conheceram quando um deles limpava o espelho do elevador de serviço enquanto o outro subia com as compras de uma festa que estava para ocorrer naquela noite. Um Antônio convidou o outro para aparecer por lá mais tarde, e ele a princípio declinou, mas, terminado o expediente, se refrescou como pôde, trocou de roupa, se perfumou e acabou tocando a campainha do setecentos e cinco. Chegando lá, demorou para aceitar a primeira bebida, repetiu que não estava com fome, que já tinha jantado, fingiu que conhecia aquelas músicas, que achava graça das piadas cada vez mais diretas sobre a camisa verde-limão que estava usando, puxadas por um barbudinho que não saía de perto do Antônio, falou que não ligava, garantiu que não levava a mal as gargalhadas de Antônio e dos outros ouvindo essas piadas. Chegou uma hora em que Antônio dispensou seus demais convidados, inclusive o barbudinho, ofereceu outra dose de uísque para o xará e sem dizer mais nada foi desabotoando a camisa verde-limão, depois os dois foram tomar um banho juntos.

O antigo apartamento tinha muitos quadros, pinturas e fotos impressas, do próprio Antônio. Com o tempo, foram ficando apenas as marcas das molduras nas paredes. Havia também coisas que não estavam expostas, uma pilha que ficava num canto do ateliê e foi diminuindo aos poucos. Depois que virou cadeirante, Antônio teve que vender tudo, quadro por quadro, numa feirinha de antiguidades e outras coisas que acontece em torno de um coreto onde costumam fazer uma roda de chorinho nos domingos de sol.

Ele fazia experiências. Testava superfícies diferentes, brilhosas feito laca, como os carros antigos de luxo, e nelas a tinta pega de outra forma, ele alcançava outros resultados. Tentava capturar algo de ritmado, umas batidas. Usava pincéis, mas também baquetas, palhetas, coisas que imprimiam na tela um movimento vigoroso e musical. Comprava tintas nas cores básicas e depois passava horas, a noite inteira, misturando e misturando até chegar num tom que parecesse novidade. Aí ficava o dia todo com o sorriso besta de quem descobriu a pólvora. Trabalhava em painéis de setenta por setenta, de forma a refletir quase como espelho, causando um efeito estranhíssimo, aproximando, conduzindo o observador para dentro da pintura, esse observador passando a fazer parte dela, emoldurado. Eram leituras possíveis apenas na cabeça de Antônio, ele sabia disso, e não precisava de ninguém dizendo ei, que quadro bacana, tu pinta bem pra cacete. As telas podiam não ser boas, tudo certo, mas não era só isso, a pintura era parte dele, não havia escapatória.

Com a fotografia, Antônio começou ainda na Escola, onde fez parte do grêmio responsável por registrar as imagens dos eventos oficiais. Poderia ter sido qualquer outro, grêmio de vela ou de xadrez, mas acabou se juntando ao dos fotógrafos. Não por gosto ou por vontade, mas porque foi carteado por veteranos que só queriam escapar das formaturas no sol quente, largando a faina, o serviço sujo, para o boy que cuidava do equipamento, revelava os negativos e varria a sede, que não passava de um quartinho sem janelas com os tacos do piso soltando, deixando à mostra uns preguinhos que espetavam as palmas das mãos na hora de pagar flexões (castigo que os aspirantes mais antigos aplicavam quando um mais moderno cometia alguma falha ou quando queriam se divertir vendo um subordinado se esfolando até cair de cara no chão), de maneira que, na Escola, Antônio jamais tirou fotos de verdade.

Na faculdade, voltou a tentar. De vez em quando, acompanhava uns amigos de outros cursos em passeios pelo campus e, com a câmera na mão, registrava qualquer coisa, uma borboleta, uma sombra. Ajudava os colegas com as notas, com o manuseio das lentes e outras coisas disponíveis no departamento, e que ele não tinha condições de comprar. Até que, um dia, já filósofo diplomado, Antônio se matriculou num espaço de oficinas permanentes, que conheceu por acaso acompanhando um amigo que estudava por lá. Ao final de cada turma, os alunos eram incentivados a expor seus trabalhos pelos cômodos do casarão, situado num bairro bucólico de vista inspiradora com ares de cidade do interior. Antônio fez um curso, depois outro, depois outro, e foi adquirindo, aos poucos, equipamento e acessórios, dominando a técnica e treinando o olhar.

Trouxe tudo para a vida prática, fotografando batizado e casamento e formatura e aniversário de criança, mas não deixou de lado o prazer de fotografar para si. A série a que vinha se dedicando antes do acidente, antes do carro capotado do qual saiu numa cadeira de rodas, envolvia o registro de amigos atores interpretando personagens saídos do século XX. Era comum, nas residências do subúrbio ou do interior, que houvesse molduras ovais com imagens amareladas do casal que deu origem àquela família, fotos antigas com pessoas olhando sérias, encarando de volta qualquer um, de um canto da sala. As fotografias impressas em papel de sal davam uma aparência envelhecida, um resultado bem difícil de alcançar, pois, se o fotógrafo pesa a mão, se erra um bocadinho na técnica, não tem jeito, a foto some para nunca mais.

Antônio reinicia o celular. Consegue enxergar os ícones surgindo na tela enquanto sente a leve tremedeira do aparelho na mão esquerda. Aumenta o som e abre os aplicativos de redes sociais. Está quase chegando ao limite permitido de amigos, porque aceita qualquer um que se interessar, com a intenção de divulgar suas fotos e obras. As redes também trazem dicas do que acontece nos bares e boates gays da cidade, num guia de turismo alternativo. Numa dessas redes fica o grupo que os velhos companheiros de Turma usam para se manter conectados, entulhando o aparelho de pornografia barata, opiniões reacionárias, bullying explícito e outros assuntos que um bando de quarentões congelados no tempo poderia evitar. Antônio não sai do grupo pois não quer parecer um espírito de porco desenturmado, mas deixa no silencioso e entra de tempos em tempos para apagar a quantidade inacreditável de lixo acumulado num único dia de postagens.

A Escola Nacional da Armada funciona sob o regime de semi-internato, o que significa que os aspirantes a oficial têm que ficar aquartelados de segunda a sexta-feira, mas recebem autorização para passar os fins de semana com seus familiares, exceto a equipe da escala de serviço e os punidos por questões disciplinares. A rotina nesse lugar não muda nunca. Às seis da manhã, o corneteiro invade o alojamento com o toque de alvorada, e aí todos têm quinze minutos para estar formados em frente ao rancho para o café. Enquanto isso, o veterano de plantão fiscaliza as camas arrumadas, ordena acelerado e verifica se cada um se apresentou com a barba bem-feita e o sapato devidamente engraxado. Assim que é ordenado sentai-vos, os aspirantes vão se servindo da comida que já não chega tão quentinha às mãos dos mais modernos, pois o normal é que se respeite a sagrada antiguidade. As aulas começam às quinze para as sete, quando entra em sala o instrutor ordenando levantai-vos, e o conhecimento teórico é transmitido até quinze para o meio-dia, hora de mais uma formatura, logo antes do almoço, na pista feita de carvão raiado de cal. Os rapazes ouvem a ordem do dia, cantam hinos em honra à bandeira e à nação, e desfilam levantando com vigor o pó preto que gruda na nuca, na testa e no nariz. Às sextas-feiras eles comem picadinho ou sopão, e isso depende do tempo, se faz muito ou pouco calor, e a decisão é acertada pois essas duas opções são as que mais se prestam ao pleno aproveitamento das sobras do cardápio semanal (que é basicamente uma variação do que os aspirantes chamam de carne de monstro: assada às segundas, frita às terças, ensopada às quartas, rolê às quintas). Uma e quinze da tarde chega a hora da suga, quando o efetivo completo do corpo de alunos se reúne no carvão para as atividades físicas diárias. De cima de um palanque armado à vista de todos, um sargento puxa sempre a mesma sequência de exercícios, chova pedra. As instituições militares levam muito a sério o disciplinamento do corpo por meio dos desportos e da ordem unida. Assim se formam indivíduos viris, perfeitamente adequados à vida na caserna e fora dela. Antônio chegou à Escola sem a mínima sintonia com esse universo. Ele era um cara educado demais, que falava baixo, prestativo além da conta, incapaz de dizer palavrão, que conservava o timbre agudo na voz e a gentileza nos modos. Nada daquilo parecia combinar com a exigência física naval, mas Antônio já era alto. Os olhos do treinador de vôlei brilharam ao dar com o magrelo de um metro e noventa e seis, um centímetro acima do limite de altura previsto no edital do concurso de admissão, fato que não chegou a ser um empecilho para o garoto em princípio desengonçado que malhava forte depois do treino e acabou se tornando a principal estrela do time. Para sobreviver à Escola, é preciso compreender e fazer bom uso da dinâmica dos grupinhos (um dos sinônimos para calouro na Marinha é negão, e pouco importa se o sujeito é branco, se ele é amarelo ou se é azul, nas forças armadas todo boy é preto), ali os garotos precisam descobrir afinidades e, rapidamente, se enturmar. A geografia conta muito, e formam-se grupos do mesmo bairro, da mesma cidade etc. Depois vêm aqueles oriundos da mesma religião, do mesmo grêmio estudantil, os companheiros de armário e de equipes esportivas. O atleta tem seus privilégios: ele come melhor (após a suga, todos saem para uma corridinha de alguns quilômetros, mas na volta é cada um para o seu lado – quem não é de equipe ganha algum tempo livre para adiantar as tarefas do dia seguinte, estudar ou dormir, e os demais seguem para seus respectivos treinamentos). O racha entre sugueiros e atletas, dentro e fora de cada Turma, nasce aí: quem é atleta ganha suplemento alimentar, o que ajuda a potencializar o rendimento esportivo, e os veteranos da equipe protegem os seus bichos (outro sinônimo para boy) evitando que os mais modernos dos times tenham seus farnéis confiscados pelos mais antigos que não praticam luta alguma, que não arremessam peso ou dardo, que não saltam, não correm, não sabem nadar direito. O conceito de um atleta junto ao Comando geralmente é alto. Varia um pouco dependendo dos resultados nos torneios entre Forças, mas costuma ajudar se o cara não é dos mais inteligentes. O banho no retorno do ginásio acontece com o banheiro bem menos lotado, já que os sugueiros a essa altura se enfileiram, por ordem de chegada, na porta do rancho para a janta, e isso é bom porque encarar a água fria que sai dos muitos chuveiros pode ser mais difícil se eles são disputados na porrada por quatro ou cinco companheiros pelados com a saboneteira na mão. Às sete da noite começa o estudo obrigatório, e por duas horas e meia não pode haver ninguém fora das salas de aula, a não ser que esteja de serviço. Ainda tem uma ceia, também obrigatória, para que os aspirantes estejam bem alimentados durante o descanso que virá em seguida ao toque de silêncio. Durante a noite, a movimentação continua, só que com menos luz. Quem precisa estudar volta para a sala, e essa é uma decisão que deve ser bem pensada, pois o terreno já não é tão seguro com um entra e sai liberado de mais antigos procurando diversão. O alojamento também pode ser perigoso. É tão fácil esbarrar com gente lavando as cuecas na pia quanto encontrar de surpresa um grupo de aspirantes do último ano. Teve uma noite assim: Antônio deitado no beliche parecia dormir quando chegou o Dantas Mello, vulgo Paulo Meinha. "Zero Doze, tá acordado?", Antônio saltou da cama em posição de sentido, "Arrêgo, Da Silva, tá me estranhando? Sou eu, o Paulinho, pode ficar à vontade. Vim aqui pra te dar um aviso. Tem uns caras da minha Turma aqui pelo aloja de vocês. Eles sacaram que o oficial de dia já foi dormir e vieram pra cá com uma lista na mão. Fiquei sabendo que seu nome tá nela. Eu nem me dou muito com eles, mas achei melhor vir junto pra te proteger de alguma forma. Vamos fazer o seguinte: eles agora estão lá do outro lado, reunindo os boys, e já já vão chegar em você. Não adianta fugir, tu sabe disso, mas fica calmo que quando chegar sua vez eu assumo a faina. Tô precisando conquistar algum respeito e achei a solução ideal pra nós dois, se liga só: eu mostro pra Turma que posso ser filho da puta e ao mesmo tempo alivio seu lado. Esse trote é simples, eu grito uns palavrões no seu ouvido, posso até te dar umas porradas, não leva a mal, mando você abrir esse pacote aqui ó, é sabão de coco, e tu morde com vontade, tem que partir a barra em dois pedaços, esse é o bizu, não precisa engolir. Se tiver dificuldade eu te ajudo, faço uma pressão assim ó, por baixo do queixo, fica até mais fácil. Vai arder um pouco, de repente queima a beiça, mas é melhor, pode crer, é uma pegada mais leve do que as brincadeiras que eles estão fazendo por aí. Ajuda se você engasgar. Ou melhor, chora. Não vai bancar o machinho, né? Eles vão se divertir um bocado vendo o grandão do vôlei chorando que nem uma bicha. Aí te deixam em paz. Depois que a gente sair você corre pro banheiro, cospe o sabão na pia e escova o máximo que puder, é importante, bota bastante pasta. Amanhã ou depois não vai sentir mais nada, pode crer. Faz isso pelo seu camarada? E olha bem, Da Silva, não esquece, me chama de chefe, tá? Vai ser melhor."

Na *Gaivota*, chega perto de Antônio uma senhora. Ela estava agorinha cochichando com uma outra igual a ela, no bordo oposto. Veste saia comprida e blusa abotoada até o pescoço, ambas da mesma cor, uma variação ordinária de bege, e usa um coque nos cabelos. E óculos. Lentes grossas que, olhando de frente, fazem as rugas parecerem maiores do que são de verdade. Antônio já tinha percebido que ela se aproximava, abrindo caminho até ele, pedindo baixinho: "Dá licença, minha filha?". Pensou em fingir que estava dormindo, mas não pôde. "Você já conhece a nossa publicação? Pode pegar, meu filho, é gratuita." O sotaque é de algum lugar entre a Colômbia e a Bolívia. "Se tua fé for grande o suficiente, o Todo-Poderoso vai te levantar dessa cadeira. Ele pode tudo." Ela diz isso tomando o jornal das mãos de Antônio e apontando os dedos finos para as ilustrações que alternam gente sofrida em fundo cinza com famílias sorridentes num campo repleto de flores, com a mesma expressão de alegria que ele procura reproduzir, mas tem dúvidas se está conseguindo. A senhora faz uma sequência de perguntas, que ela mesma responde, seguindo o roteiro iluminado pelos capítulos e versículos constantes do impresso que manipula com habilidade. Fala que a congregação está presente no mundo todo, que se Antônio quiser pode encontrar informações complementares na internet. "Deixa que eu marco o endereço pra você." Que acontecem reuniões todos os dias, e que Antônio está mais do que convidado a participar.

Na casa, todo sábado de manhã, a mãe preparava o café do Comandante e saía com Antônio para a igreja. Era o momento dos dois. Antes da missa ela ficava na porta ajudando como dava, vendendo lembrancinhas, organizando o caderno mensal de doações. Quando o padre, que sempre falava de paciência e misericórdia, subia no altar para as primeiras bênçãos à comunidade, a mãe recolhia as velas, os santinhos e desarmava a bancada, depois os dois entravam pela passagem lateral da capela construída pelos escravos em homenagem à Virgem e ao Menino Jesus, e iam até lá na frente, onde seus lugares estavam reservados, pois fariam as leituras do dia, cantariam os hinos, contribuiriam com uns trocados na hora do ofertório, comungariam e rezariam em silêncio de joelhos, agradecendo pela semana abençoada, pela união da família em Cristo, pela comida na mesa. Tentaram fazer de Antônio coroinha, mas ele se atrapalhava quando tinha que tocar a sineta. Talvez fosse jovem demais para a função, para entender aqueles procedimentos todos. Ele se enrolava com a túnica, se sentia incomodado com os olhares, com os risos dos garotos caçoando dele e que ninguém parecia perceber. Terminada a cerimônia, a mãe voltava para a porta da igreja para combinar as visitas da semana, a missão evangelizadora orientada pela diocese convidando os fiéis para oração, o que ela fazia sozinha, porque o Comandante entendia que era coisa de mulher.

Eles voltavam por um parque onde havia um teatro de marionetes, e Antônio ganhava trinta minutos para acompanhar, a meia distância, as crianças pintando com as mãos de guache num cavalete montado só para elas, um rapaz de boné colorido imitando com uma rabeca muitos bichos diferentes, a música que vinha do bandolim, do pandeiro sem pele, do acordeom, do triângulo e do bongô, as cantigas, a moça de saia de renda e fita no cabelo que às vezes aparecia fantasiada de boi pintadinho, as flâmulas de chita, o sujeito no meio da roda dançando esquisito com uma mão na cabeça e a outra na cintura e que depois dava um abraço em alguém que tomava seu lugar, os bonecos, a coreografia dos três porcos na beira do laguinho ou do jacaré Poiô com o rabo balançando. Depois disso passavam no aviário e a mãe apontava para uma galinha bem gorda, que depois seria morta e teria o sangue recolhido para fazer molho pardo para o almoço.

Na parte mais residencial de um bairro vizinho ao do antigo apartamento, existe outra praça. Nela costumava acontecer um evento mensal, organizado de forma independente por um coletivo artístico ligado à Associação Municipal de Malabares e Circo. De tanto frequentar o espaço, Antônio acabou meio que integrando a trupe, que era formada de artistas de todas as inclinações, amigos, agregados e simpatizantes, numa família numerosa. Tratava-se de um palco aberto a todos aqueles que desejassem se expressar de alguma forma. Para participar, não tinha burocracia, bastava entrar em contato pelas redes sociais ou simplesmente aparecer lá pelas seis da tarde com algum número já engatilhado. Antônio fazia de tudo para contribuir: ajudava com a lona improvisada, era um dos que desenrolava o minipicadeiro amarelo, se precisassem ficava como o cara do som, dava uma força com caixas, cordas, gambiarras, figurino e maquiagem, mas, naquele dia, pela primeira vez, seu papel era de fotógrafo oficial do antes, do durante e do depois das apresentações.

O movimento tentava articular todo tipo de artista de rua para que juntos pudessem conquistar apoio. Eles eram combativos, buscavam figurar na agenda cultural da cidade sob o lema "O coletivo fortalece". Muitos dos membros eram rodados, gente cascuda que participava de encontros internacionais de palhaços e festivais de circo pelo país. Antônio chegou cedo, preparou seu equipamento e logo começou a registrar tudo o que envolvia a festa: rapazes e moças ensaiando coreografias com bastões coloridos e bolinhas de borracha, uma menina sozinha fazendo movimentos inimagináveis no bambolê, o pessoal da banda afinando violinos e tambores, uma galera bebendo cerveja e dançando música eletrônica como se ninguém estivesse vendo, uns peruanos barbudos com cara de Jesus, uma rapaziada no fundão fumando maconha, dois caras pedalando monociclos, um baixinho e o outro mais alto, um assoprando uma escaleta e o outro equilibrando na cabeça uma bola de basquete, um velho tocando gaita, um homem em pernas de pau. E foram chegando as crianças, seus pais, seus cachorros, moradores de rua, jovens descalços, de sandálias de couro, com botas esquisitas, tatuados, atletas de piercing tamanho G na orelha alongando os músculos dos braços e das pernas, e os vigias foram saindo da guarita de onde controlavam as cancelas, uns grandões que ninguém conhecia, mas devidamente identificados pelos coletes pretos com APOIO escrito nas costas, e depois chegou a polícia, com cassetetes do tamanho de um braço esticado na cintura, a guarda municipal e os bombeiros, até que o mestre de cerimônias de cartola e voz de desenho animado foi ao microfone anunciar que, infelizmente, não haveria mais show.

Antônio queria ter estudado numa escola especializada, queria ter colado desde novo num bambambã da pintura, só que não foi assim que aconteceu. Enquanto ia se virando para pagar as contas de cada mês, se matriculava em oficinas, fazia cursos de história da arte, cinema, quadrinhos, fotografia, teatro e frequentava grupos de estudo sobre literatura, se encaixava em coletivos, o que dava.

Foi numa dessas que conheceu Arnaldo, o bailarino que virou coreógrafo de uma companhia que se apresentava mais no exterior do que aqui e foi seu amigo mais querido. Não dá para contar as vezes em que conversaram, sozinhos, no antigo apartamento. Eles tinham afinidades profundas, ficavam nessa até de manhãzinha. Antônio chegou inclusive a acompanhar o amigo em algumas turnês. Arnaldo defendia que a intuição estava acima da técnica, dizia que antes de tudo vinha o sentimento. Que a dança não consistia na sequência de um movimento seguido de outro, o importante era o que estava no meio, o que ligava. Aquilo era a alma da dança. Ele dizia que era preciso descobrir as percussões do próprio corpo, do coração, e achava muito triste quando um dançarino não tinha ouvido para dançar. Arnaldo acreditava na dança como manifestação política, no corpo como ferramenta de expressão do modo de enxergar a vida. Falava que o bailarino brasileiro não tinha que ficar olhando para fora, que a produção na Europa e em outros cantos era sublime, sim, mas aqui também. Se nos faltava discurso, retórica, tradição, sobrava vontade, então bastava exercitar a gentileza.

Algum tempo depois do acidente, os dois perderam contato. Antônio tentou tocar a vida sozinho. Aprendeu com os profissionais da reabilitação que era possível manter a rotina, bastavam algumas pequenas adaptações e tomaria banho sem ajuda de ninguém, poderia pegar um ônibus na rua e até mesmo dirigir. Teria como se trocar por conta própria, vestir as calças, os sapatos, a cueca, seria um indivíduo autônomo, apto a trabalhar no que quisesse. Ele costumava ouvir de um tenente na Escola que era um dos alunos de maior *endurance* na Turma, "Pra quem não sabe, *endurance* é uma expressão muito usada pelos *marines,* que poderíamos traduzir livremente como capacidade de suportar privações", o tenente sempre explicava em seguida. Ele era fã dos americanos e achava que o aspirante Da Silva daria um baita fuzileiro naval. Antônio foi gastando sua alma de fuzileiro, só que chegou uma hora em que foi obrigado a refugar. Enquanto os dentes da boca deram conta, ele mordeu, sustentou a vida que havia construído tijolo a tijolo, só que agora não dá mais. Agora ele sabe que acabou.

Na *Gaivota*, Antônio sente um cheiro doce que parece incomodar todo mundo menos ele. Trata-se de um sujeito que achou que era uma boa ideia reaplicar o desodorante aerossol ali mesmo. Nos últimos anos, Antônio constatou que está perdendo os sentidos, então procura aproveitá-los ao máximo. Enquanto ainda sente, acha tudo que é cheiro agradável.

Seu paladar nunca foi dos melhores, resultado de anos usando diversos modelos de aparelhos dentários. Começou com o freio de burro, que parece ter durado a vida inteira. Depois veio outro também fixo, mas que se restringia à parte interna da boca. Na faculdade trocou por um móvel, que quando não estava usando guardava numa caixinha de plástico. Tudo parte do sacrifício necessário para domar a arcada dentária malnascida. E funcionou, porque hoje basta não descuidar da escovação depois de cada coisinha que come, da utilização meticulosa do fio dental, do enxaguante à base de flúor e das visitas mensais ao dentista pago pelo convênio de saúde, para monitorar o eventual acúmulo de tártaro e a manutenção do clareamento. Assim, Antônio não chegou a cultivar nenhum prazer particular pela comida. Ele não cozinha, prefere os suplementos, que não passam de farelo enlatado para misturar com água ou leite, e as frutas sem fiapo. Os alimentos para ele têm sabor de rancho, são todos muito parecidos, e cada vez mais as coisas têm gosto de metal.

O problema com a audição pode ser cisma dele. Antônio jura que escuta o tempo todo um zumbido, algo que lembra os tempos de Escola, quando era sempre um dos primeiros a completar os circuitos de exercícios comandados por um apito estridente, com o intuito de estimular os atletas, que prefeririam estar dormindo.

A lesão na medula é relativamente alta, o que acaba por comprometer seus movimentos e a sensibilidade do tórax para baixo. Ele não sente nada. Ou sente dores, e essa é outra contradição em sua cabeça. Essas dores perturbam o tempo inteiro, tanto nas partes do corpo que pela lógica não deveriam doer quanto no resto. Doem os braços, as mãos e as costas, sobretudo o lado esquerdo, ele não sabe o porquê. As pontas dos dedos já não captam as sutilezas de alguns materiais e nem sempre Antônio consegue distinguir diferentes texturas se não estiver olhando bem de perto, se não roçar de leve o rosto, se não cheirar ou lamber a superfície. A camada mais externa da pele pinica, arde, formiga. Antônio é capaz de cada vez menos. Com as limitações físicas, foi perdendo trabalhos, não entra mais na maioria dos lugares, não alcança determinadas alturas, não tem a mesma disposição de outros tempos. Passou a ver tudo por baixo.

E sua visão já vem falhando, vai se apagar. É comum acordar pela manhã e continuar no escuro. Somente aos poucos vai percebendo a luz, as cores.

No parque dos campos de society, da ciclovia, do slackline, da grama farta que convida a piqueniques nos dias de sol, há também quadras polivalentes, para os que praticam basquete, handebol e futebol de salão. Aos fins de semana, mesmo depois das madrugadas de trabalho no ateliê, de um extra para garantir os dez por cento ou de uma festa comemorando qualquer coisa, Antônio acordava cedinho, às vezes até virava a noite, mas era quase certo que seria o primeiro no vôlei, até porque a rede e as bolas ficavam guardadas na despensa do antigo apartamento. Era preciso aproveitar o dia, então pegava o carro, colocava dentro tudo o que fosse necessário, água, mochila com as coisas para fotografar, quatro laranjas, e montava o esquema na quadra preferida, a que fica mais perto do mar, colada ao posto de atendimento e observação que também aluga pranchas e remos e onde dão aulas de stand up. Isso quando não chovia. Nesse caso, Antônio dirigia pela cidade sem destino certo.

Um dia seu time estava ganhando havia várias rodadas (ele jogava bem, era um dos melhores apesar de ser um coroa perto dos outros), e Antônio se preparou para bater uma bola alta na ponta, normal, só que dessa vez não saiu do chão, sentiu qualquer coisa fora do lugar na perna de apoio, a perna esquerda, alguma coisa no joelho, ou tornozelo, não soube distinguir. Algo encaixou torto, e Antônio, em vez de saltar, desabou e ficou se contorcendo, enquanto a bola quicava sozinha no lado errado da quadra de concreto e areia, e os adversários e o pessoal que esperava de fora ficaram na dúvida se era certo comemorar. Gilsão, o levantador do time, um cara que não tinha motivo nenhum para se preocupar com Antônio, porque eles estavam brigados, o carregou no colo e colocou na grama.

Por trás de uma exposição de arte existe um trabalho pesado. Os quadros, as esculturas, as peças de museu não vão flutuando até as paredes de uma galeria, alguém precisa ter costas fortes para levá-las. Antônio circulou pelos bastidores. Fez parte do grupo de apoio de um centro cultural, como auxiliar. Foram dezenas de mostras, nas quais atuou na montagem e na desmontagem. Certa vez, ele passava pela ruazinha de fundos onde fica o portão de carga e descarga do lugar e decidiu ficar um tempo escorado na parede de uma casa na calçada oposta, observando o movimento sob a sombra projetada pelo prédio metade moderno metade rococó. Então chegou um segurança de paletó preto pedindo um cigarro, puxando conversa, "Pode me chamar de Gilsão". Antônio perguntou se não tinha como eles darem um pulinho no banheiro. Gilsão falou "Sério?". Antônio sugeriu que fosse jogo rápido. Gilsão disse "Agora não dá, tá pra começar uma seleção pra vaga aqui na firma e meu supervisor, se me procura e não me acha, ele me come o fígado". E foi dessa maneira que Antônio conseguiu o emprego, primeiro como autônomo e depois com carteira assinada. O serviço era basicamente carregar caixas. Umas caixonas de madeira que por fora trazem uma série de indicações adesivadas apontando a posição correta de manuseio, alertando em diversos idiomas que se trata de objetos fragilíssimos, e por dentro têm milhões de bolinhas de isopor, plástico bolha suficiente para embalar o bairro inteiro, e uma tela enorme ou um pedaço numerado de instalação. Antônio gostava do trabalho, usava o equilíbrio de tronco privilegiado de forma a evitar lesões e danos ao patrimônio artístico. Transportava a carga e em seguida desmontava, arrancando com cuidado os pregos das caixas usando a parte de trás da cabeça do martelo. A partir daí quem assumia era a equipe especializada, que, calçando luvas especiais, executava as instruções precisas dadas pelos próprios artistas ou pela curadoria. Uma grande vantagem daquele período era o acesso livre aos trabalhos, que Antônio podia apreciar pelo tempo que quisesse.

Na *Gaivota*, o fonoclama avisa que dentro de instantes estaremos atracando, que as pessoas devem permanecer sentadas até que se conclua a manobra, que as marcações no piso indicando o sentido de desembarque precisam ser respeitadas, afinal a segurança também depende do passageiro, que a concessionária agradece a preferência e deseja a todos uma ótima noite. Assim que as primeiras palavras da mensagem são proferidas, começa o deslocamento infernal em direção aos acessos, tornando impossível enxergar as tais setas no chão do barco, colocadas ali para orientar o fluxo de gente que não vê a hora de pisar em terra firme.

Antônio sente uma cutucada no ombro e se volta para ver um moço de uniforme azul, chapéu de marinheiro e colete salva-vidas, que lhe pergunta "Cadê o seu?". Ao descobrir que Antônio não tinha recebido um colete, ele fica irritado, reclama da tripulação despreparada, que deveria ter destacado alguém para acompanhar o CDR durante toda a viagem, avisa que ficarão ali até que os demais usuários desembarquem, aconselha Antônio a encaminhar um e-mail para a ouvidoria da empresa relatando o ocorrido, porque se ele mesmo comunica, além de não servir de muita coisa ainda acaba pondo em risco seu emprego. O moço pede licença, combina alguma coisa pelo rádio, diz que vai ali na frente e já volta, que Antônio deve esperar, que logo volta acompanhado de dois ou três colegas, nem que tenha que trazer os vagabundos pelas fuças para ajudar no procedimento.

Qualquer um que tenha passado pela Escola vai concordar que não existe ser mais repugnante caminhando pela Terra do que a figura do *spy* de Turma. Esse indivíduo é aquele aspirante que se aproveita da condição privilegiada de membro efetivo da Turma para transmitir informes sigilosos regulares ao comando, alertando sobre atos criminosos eventualmente praticados por um ou por vários colegas, movidos pela trairagem gratuita, pelo recalque, pelo instinto ruim e pela intenção de obter possíveis vantagens pessoais. Um caguete. A alta oficialidade nem sempre é capaz de enxergar determinados movimentos por baixo do código não escrito que é a base do espírito de corpo, e é justamente aí que atua o *spy*. Cada Turma tem pelo menos um camuflado no bolo do efetivo. Ele é dificílimo de identificar, mas geralmente tem conceito alto, é filho de oficial de Marinha ou cochado do capelão. Os protegidos do padre do quartel são chamados de capeletes, e constituem um grupo unido e poderoso na dinâmica escolar, falando manso, ajudando na missa, incentivando a confissão, promovendo retiros e reuniões na capela. Antônio era um capelete destacado.

Nascimento foi seu companheiro de armário por quase todo o período em que esteve na Escola (até o fim do quarto ano, quando Antônio deu baixa e Nascimento foi jubilado). Nascimento dava lance direto, vivia desrespeitando as normas, e era um ficha-suja, não completava uma semana sem levar uma parte de ocorrência por ter se atrasado a uma formatura, se apresentado com a barba por fazer, dormido em serviço ou ameaçado um mais antigo de agressão. Depois de cumprir três meses e pouco de impedimento, três meses e pouco sem tirar licença, Nascimento estava para ser autorizado a ir para casa quando o fonoclama anunciou uma inspeção surpresa (era uma sexta-feira, e depois da revista estariam todos livres). Os aspirantes em posição de sentido, à frente do respectivo armário. O veterano de plantão logo encontrou uma lata de leite condensado aberta, que Nascimento havia acabado de jogar para o lado das coisas de Antônio no armário dividido pelos dois. O veterano gritou que aquilo era um absurdo, uma conduta inaceitável, que o Da Silva também não passava de um tremendo lanceiro. E, com aquilo, Antônio não pôde ir para casa. Menos por ter ficado na Escola impedido e mais por um desejo de se vingar, na semana seguinte, na capela, acabou contando em confissão ao padre do fundo falso no armário onde Nascimento vez ou outra escondia uns papelotes de cocaína trazidos para ele, com certa frequência, por um terceiro sargento lotado no paiol.

Como a *Gaivota* não é uma embarcação com grandes recursos, na maré esvaziada, ou baixa-mar, a única maneira de Antônio sair é pela escada móvel, descendo um por um os nove degraus acoplados a bombordo. Os quatro funcionários coçam a cabeça por baixo do gorrinho, trocam olhares entre si, confabulam, alternam o foco entre a cadeira e a escada, verificam possíveis pontos de apoio, se a estrutura é forte, arrastam as botas de modo a eliminar o excesso do aguaceiro, a aumentar a aderência, e então suspendem Antônio com tudo.

Agora, pela praça, ele vai furando as poças d'água, com cuidado porque nunca se sabe o que se pode encontrar debaixo delas, vai evitando as armadilhas de lama, as mais evidentes, no intuito de chegar à calçada. Precisa pegar mais uma condução até a casa do Comandante e da mãe. Tem quatro alternativas:

ônibus, táxi, kombi ou van. De qualquer jeito, vai ter que dobrar à direita na esquina lá na frente.

Quando a grana apertou de verdade (Antônio estava vivendo apenas da aposentadoria por invalidez e das vendas de algum material que tinha acumulado), ele inventou de promover o que chamou de *garage sale*, um bazar no antigo apartamento, para se desfazer de tudo o que pudesse interessar aos conhecidos. Dessa forma ia fazendo um caixa e ganhando tempo antes de ser forçado a abrir mão daquela vida.

Vendeu baratinho uma gravura de oitenta por oitenta desenhada a nanquim por um mexicano boa gente numa vila em Zapopan. Um *bowl* coloridíssimo com bananas pintadas por dentro e melancias por fora feito em papel machê. Não queria, mas negociou seu kit de *graphic pencils*, que vinham numa caixinha de lata. Quatro bancos de bar. Uma barraca para duas pessoas. E camisas, pares de tênis com a sola zerada, facas, garfos, pratos. Calças compridas que no bairro antigo não incomodavam ninguém, mas que os vizinhos do Comandante talvez achassem esquisitas.

Antônio vem sentindo umas pontadas no peito. Não são propriamente dores, mas uma sensação de infarto diluído ao longo das horas do dia. Acontece agora. Ele procura abrigo debaixo das marquises, porém não encontra um espaço vazio onde consiga dar um tempo e respirar. Os ambulantes de filmes piratas e bugigangas em geral, os panfletistas mais dedicados, os funcionários do comércio arriando as portas de ferro, gente apressada que não fecha o guarda-chuva, sem-tetos, ficam todos espremidos de maneira que se forma um meio caminho, que assim só de olhar não permite a passagem de uma cadeira de rodas. Ele resolve esperar junto ao portão fechado da biblioteca pública, sob uma cobertura estreita, alongando os músculos, bufando, até que as coisas melhorem. Há um longo histórico de doenças envolvendo familiares tanto do lado do Comandante quanto da mãe, embora o assunto seja proibido. Tem parente com tumor no estômago, no pulmão, problema na cabeça, mas nada esclarecido, mesmo porque perderam contato com essas pessoas há muito tempo.

Não que esteja uma noite gelada, não está, mas tampouco faz calor. Levando-se em consideração o tempo que Antônio está parado no abrigo do ponto de ônibus, agora que a chuva deu uma trégua, o vento que sopra da praia já deveria ter secado se não suas roupas, pelo menos seu rosto, mas ele transpira. Veio da biblioteca pelo cantinho da rua, colado ao meio-fio, no sentido contrário ao dos faróis, passando pelos táxis estacionados em frente ao supermercado. Alguém falou que ele não teria como embarcar, porque a cadeira ocupa espaço demais e nem desmontada caberia no porta-malas, menor do que se imagina devido ao cilindro de gás instalado ali para economizar no combustível. Antônio ouviu as explicações com um sorriso no rosto, enquanto pensava que pelo menos evitaria a negociação pelo valor da corrida, que apesar de curta não teria mesmo condições de pagar. As vans e as kombis passam todas cheias, com as janelas fechadas, e os ônibus vêm pela pista de fora, talvez porque ninguém faça sinal.

Enquanto espera, Antônio observa a montagem de umas barracas na calçada do outro lado. Os vendedores de cerveja e caldinho de mocotó se preparam para a noite da escolha do samba-enredo na agremiação que engloba o conjunto de comunidades locais. Carregando caixas, esticando coberturas de plástico azul, pregando tábuas, instalando gambiarras. Antônio lembra uma tarde da infância quando esteve por ali numa feijoada em agradecimento aos homens da Marinha, que seriam homenageados naquele Carnaval com o tema das navegações. O Comandante estava lá representando o quartel. Antônio se viu fascinado pela imponência dos carros alegóricos, pelo brilho, pela felicidade das tias e dos passistas mirins, pela festa que pulsava naquelas pessoas, igualzinho ao ambiente que foi encontrar muitos anos depois, como auxiliar na equipe do carnavalesco de um bloco que desfila no centro da cidade, reciclando esculturas de isopor que num ano aparecem como um cavalo alado, no outro como um índio de tacape na mão.

É quando para na frente de Antônio um ônibus desses com plataforma mecânica instalada na porta do meio, que traz um adesivo com uma mensagem alertando que é para uso exclusivo de cadeirantes. Desce um grupo falando e rindo alto, pedindo paciência ao motorista, pois levariam apenas um minuto para desembarcar as caixas grandes de isopor lotadas de gelo picado, os engradados com bebida quente, as embalagens plásticas com comida dentro, os copos descartáveis e as crianças de colo. Um deles não passa de um garoto, que avisa para esperar porque tem um cadeirante querendo subir. O motorista joga para o lado uma toalha que usa para enxugar a testa e as mãos, dá uma olhada para o cobrador, comunica aos passageiros que pode demorar, salta a roleta em direção à tal porta, coça a cabeça e perde uns momentos analisando o controle composto de dois botões, um verde para descer o mecanismo, outro encarnado para subir. As pessoas no ônibus e no lado de fora esticam o pescoço para enxergar melhor o procedimento. Alguns sugerem suspender Antônio no braço para ser mais rápido, outros acham que assim vai escorregar. Depois de uma pancada e dois chutes, o equipamento começa a se mover, só que para cima, o que parece estranho. O motorista aperta o outro botão, e aí sim a plataforma vai para baixo e os degraus são recolhidos. Antônio se ajeita na almofada, se posiciona no local indicado nas instruções, que dizem que é para entrar de ré, freia a cadeira, sorri, dando a entender que agradece e pede desculpas por tomar o tempo alheio, se segura como pode e o ônibus arranca dali.

Na época da Escola, Antônio costumava visitar Paraty de tempos em tempos. Os aspirantes precisavam cumprir determinada carga de dias de mar e, até por uma questão orçamentária, a cidade era o destino predileto. Havia lá um torneio de vôlei, disputado na praça da igreja. A escolha da cidade agradava o comando, a prefeitura e alguns aspirantes, claro. Pode-se dizer que os navios de instrução reproduziam de forma bastante razoável a rotina marinheira, e nessas ocasiões se tomava contato com a escala de serviço a bordo, as marcações nas cartas náuticas, os enjoos, as confraternizações envolvendo as locais. Os veteranos transmitiam aos mais modernos o conhecimento de que os boys algum dia poderiam precisar. Ressaltavam a importância de ter pleno domínio da linguagem específica daquela comunidade, dos termos navais, das gírias, do alfabeto fonético, da comunicação por sinaleiros e bandeirolas, por exemplo que não se chama âncora de âncora e sim de ferro, que as siglas e abreviações são muito úteis, sobretudo quando não se tem muito espaço disponível ou quando se chama vermelho de encarnado, e que a letra V (ou victor, como se diz) indica a cor verde. As aulas de instrução militar (IM ou índia mike) aconteciam a qualquer hora do dia ou da noite, em qualquer uma das dependências da embarcação, e respeitavam uma dinâmica própria, como um jogo que punia quem cometesse o menor deslize com um reunir caprichado, o que os paisanos entenderiam como uma variação mais agressiva do corredor polonês.

O Código Penal Militar classifica como crime a prática da pederastia, portanto o sujeito assim que entra para a Marinha já fica sabendo que é proibido praticar, ou permitir que com ele se pratique, quaisquer atos libidinosos homossexuais dentro das dependências militares. A pena vai de seis meses a um ano de detenção. E no caso da Escola o regimento interno ainda determina que o aspirante em questão seja jubilado.

As viagens a Paraty aconteciam com muita frequência. Grupos de vinte, de trinta aspirantes partiam num pequeno navio de instrução para desembarcar na Festa do Divino, na de Santa Rita, na de São Pedro e São Paulo, na de São Benedito e Nossa Senhora do Rosário, no Festival da Cachaça.

Nem todo aspirante se animava com a ideia de perder seu fim de semana no meio do mato, e a maioria cumpria apenas a carga horária mínima. Mas havia quem gostasse, e alguns suspiravam de satisfação ao ver seu nome na lista dos relacionados. Paraty era para aqueles atrás de mulher feia, para os maconheiros, para os baitolas.

As ruas de pedra lotadas de gringos fascinados pelas belezas naturais da Costa Verde e os aspirantes divididos em grupinhos, mais interessados em se embebedar o quanto antes para depois buscar as áreas mais afastadas do tumulto e promoverem suas próprias festas, sem tanta chance de encontrar algum *spy*.

Se existisse internet ia ter muito aspirante famoso na rede depois de flagrado se masturbando no banheiro do aloja. Era assim: o cara ia cagar, escolhia uma cabine mais ou menos limpa, ficava ali quietinho, dando um tempo para se esquecerem dele, então tirava uma revista de sacanagem de dentro da camisa, folheava sem fazer barulho, aí começava, primeiro devagar depois bufando mais depressa, até que de repente surgiam pelo menos três cabeças de aspirantes urrando, por cima da porta, por cima das laterais da cabine, caras que tinham ficado na encolha esperando em silêncio para aplicar o susto. Se fosse hoje estariam todos com celular na mão. Mas naquela época era difícil para o comando saber de todos os deslizes cometidos e condutas inadequadas. Fossem quais fossem, eles acabavam ficando pelo terreno do boato. O que estimulava que às vezes no aloja se ouvisse um grito de "Jubila o veado!", puxando um coro desencontrado de gargalhadas e outros gritos de "Jubila o veado!" ou "Jubila essa bicha de uma vez!".

Vários anos depois Antônio retornou a Paraty, como peão na montagem de um evento. No intervalo entre umas tábuas para pregar e umas caixas para carregar nas costas, Antônio pôde ouvir as considerações de um sujeito com crachá de organizador, que considerava fundamental que o evento fosse integrado ao cotidiano da cidade, e não um corpo estranho ao balneário que encanta intelectuais e artistas, defensores do lugar que preserva suas características físicas, as construções, a infraestrutura, desde os primeiros passos de um português no Brasil. O tal sujeito conversava animado com alguém no centro histórico e apontava para as ruas, exaltando o sistema como foram construídas, o sofisticado planejamento da pavimentação, o encaixe das pedras, a demarcação precisa segundo os projetos desenvolvidos por especialistas do século XVII, o sistema de drenagem das vias em calha, respeitando as necessidades do povoado que vira e mexe se vê invadido pelo mar.

De madrugada, perambulando de biboca em biboca atrás de uma saideira, Antônio esbarrou com um velho bêbado e eles conversaram até de manhã, ou o velho bêbado conversou sozinho. Sobre a velhice, sobre a mãe que já tinha morrido, mas que ele nunca havia sido capaz de distinguir se tinha por ele um orgulho genuíno ou se algum traço da diplomacia britânica escondia o profundo desgosto pelo bastardo miserável que um dia pariu. O velho confessou que a vida era foda, que era foda abandonar seu canto na Escócia para perambular pelo Terceiro Mundo, abandonar a quietude, que se não fossem as vontades da esposa ele não sairia de lá nem pelo diabo, para sofrer como um cão no maldito calor. Confessou que estava prestes a mandar tudo para o raio, e aquela parte da conversa Antônio não acompanhou direito, confuso pelo inglês arrastado, pela gagueira, pelos palavrões, de modo que não teve certeza do que o homem falou. Parece que resmungou da aposentadoria, que aconselhou "Garoto, não se meta a casar nessa vida, não faça isso, as mulheres são parceiras do demônio, elas sugam tudo de você, e você vai concordando e concordando, e quando vê já não dá mais". O velho deu um jeito de subir na mesa equilibrando o copo numa mão e chacoalhando a outra como quem discursa, praguejando contra o boteco vazio que a praia é o inimigo a ser combatido, que ninguém percebe isso, mas um homem precisa mesmo é de inverno, uma vida inteira de inverno para produzir qualquer coisa que preste, e que o mundo podia explodir se ele estivesse falando bobagem.

Numa tarde, depois de almoçar um sanduíche de frente para o canal, Antônio voltou para o trabalho caminhando pela espécie de ciclovia que ia dar nos estandes principais, então cruzou com uma turma aglomerada em cima da ponte velha, ouvindo e batendo palmas para um sujeito que discursava em favor das manifestações da periferia, exaltando a pureza dos agitos marginais ao grande eixo de poder. Depois ainda passou por drag queens montadas numa charrete pink, distribuindo camisinhas e destacando a prevenção como prova de amor.

Fez amizade com um francesinho que veio atrás das loucuras do Brasil. Queria um pouco delas para si, portanto um dia colocou a mochila nas costas e subiu no primeiro avião. O francês desenhava coisas e passou aqueles dias registrando os brasileiros no hostel e nos bares, fazendo caricaturas que traziam ao canto direito uma espécie de assinatura: duas bandeirinhas, uma daqui outra de lá, com um coração no meio. A ideia era construir uma ponte de amor entre os dois países. Ele passava as manhãs ouvindo os pássaros, dizia que os nossos cantam de um jeito diferente, então começou a desenhar pombinhas, sem medo de parecer ridículo, contribuindo à sua maneira para uma relação mais próxima entre os homens. Sua mãe era francesa de verdade, mas o pai tinha nascido no Oriente Médio, e ele sonhava em contar em quadrinhos a história de sua família, sob o ponto de vista dele mesmo quando criança, pensando como criança, falando como criança – mas seria um projeto para o futuro.

Dá para dizer que Antônio aprendeu sozinho a falar francês. Quando criança, ouvia sempre uma canção que a mãe adorava e acabou gostando dela também. Era a última faixa de um LP cheio de chiados que ela punha na vitrola com certa frequência, toda vez que o Comandante demorava para voltar. A melodia, o arranjo simples, de voz chorosa e violão, parecia falar da mulher que perdeu sua joia, seu bem mais precioso, sem o qual nada mais valia a pena. Os quase sete minutos da música viravam catorze, às vezes vinte e um, na medida em que estivesse disposta a repetir e repetir, depois disso ela ia com a Bíblia para o quarto rezar. Com o tempo, Antônio foi aprendendo que nem sempre as coisas são como a gente imagina: na faculdade, ele teve algum contato com a língua e compreendeu que a letra falava de outros assuntos. Demorou, mas teve que enxergar que a rima era com *père*, e não com *frère*. Passou a se dedicar com afinco a dominar o idioma e hoje, se não se considera fluente, ao menos acredita que já entende bem melhor.

Antônio desce do ônibus na calçada da padaria onde costumava comprar pão, pó de café moído na hora e cigarros para o Comandante. Procura e não encontra um meio-fio rebaixado para atravessar a rua, mas lembra que avançando até quase na esquina tem uma garagem. Ele atravessa em frente ao meio bar meio armazém do seu Onofre, um português grosso toda vida, porém boa gente, que o ajuda a subir na calçada. Num primeiro momento, o homem não reconhece Antônio, só vê que tem dificuldade com o paralelepípedo molhado e resolve dar uma força. Então percebe que o cara na cadeira, agora parado no escuro debaixo da marquise, é o menino magrelo que cresceu por ali. Seu Onofre joga um pano de prato puído no ombro e fica olhando para Antônio sem dizer nada, dando a entender que está convidado a ocupar uma mesa para tomar uma ou duas em nome dos velhos tempos.

É um espaço amplo, com pé direito altíssimo e prateleiras robustas, atopetadas de garrafas cobertas de poeira, e se o português precisar de uma catuaba lá de cima basta subir no mecanismo desenvolvido por ele próprio, composto de trilho, rodinhas e uma escada, como nas bibliotecas dos filmes. Tem também uma máquina brilhante de karaokê, com luzinhas coloridas acendendo e apagando, posicionada à esquerda, em lugar de destaque, entre a passagem para o banheiro e a bancada da caixa registradora, do tipo que os pinguços adoram. Está quebrada, ou pelo menos é o que diz o aviso rabiscado à caneta numa folha de caderno presa com fita adesiva bem no meio do visor, mas pode ser uma estratégia do seu Onofre para evitar, enquanto possível, a cantoria de boleros desafinados até de manhã. No salão há cinco mesas de ferro, cada qual com quatro cadeiras, e geladeiras modernas expondo seu interior através de portas de vidro embaçado, todas no mesmo padrão, com as cores e o logotipo de uma marca de bebida. As paredes estão cobertas por cartazes de modelos de biquíni tirando um bigodinho de espuma com a língua e segurando um copo suado cheio até a boca, um calendário com o nome do estabelecimento impresso na parte de cima, a plaquinha do órgão do governo responsável pela fiscalização e o telefone para eventuais denúncias, com um dígito a menos, sem o dois colocado à frente dos números que discados em sequência, no horário comercial, certamente darão acesso a uma central telefônica. O piso que já deve ter sido encarnado agora é cinza e apresenta falhas de encaixe, de modo que um desavisado pode tropeçar e cair de cara. A iluminação dá um clima de caverna, talvez devido às lâmpadas compridas instaladas tão lá no alto que deve mesmo ser difícil acabar com o pisca-pisca constante de algumas delas. Os pingos de chuva fazem um batuque descompassado quando batem nos toldos de armação metálica. No balcão de madeira tem uma parte envidraçada, uma vitrine com os monstros gordurosos abatidos especialmente para servir de tira-gosto. Seu Onofre desapareceu faz uns minutos, sumiu pelo corredor que vai dar numa salinha, talvez a despensa. Agora ele volta, sem o jaleco surrado, com uma faca numa mão. Com a outra, tira um lápis da orelha para fazer uns cálculos que parecem complexos, num papel de embrulhar, encostado na máquina de fatiar frios. Antônio pensa se não é hora de terminar a cerveja já quente, se não estará abusando da cortesia do velho. Então entra no bar um sujeito magro além da conta, conhecido de outros tempos, que tinha fama de bandido, mas que nunca foi de nada, que jamais saiu dali. Ele não reconhece Antônio sem aparelho nos dentes, mais maduro e sentado na cadeira de rodas.

O tal sujeito era um pouco mais velho e certa vez arrumou confusão com Antônio. Dá para contar nos dedos as vezes que a mãe o levou naquele pedaço da baía que ainda nem era tão poluída, e aquele dia o sujeito estava lá, precisando de mais um para completar o time de futebol. Antônio foi convocado, mas não chegou a responder, apenas olhou para a mãe, que fez que não com a cabeça. O sujeito se irritou e soltou palavrões, chutando areia para todos os lados, sem acreditar no desrespeito à ordem natural das coisas, à hierarquia do bairro, gritando para o nada "Se esse linguiça não fosse filho de quem é eu cobria ele de porrada, quebrava os dentes dele pra aprender que comigo ninguém mexe". Enquanto falava, fazia os sinais mais obscenos. De alguma forma a notícia chegou ao Comandante, a Madalena cantou como sempre e, depois desse episódio, Antônio nunca mais voltou a colocar os pés naquela praia.

A relação de Antônio com o sol é distante. Foi assim desde o princípio, mas de uns tempos para cá a coisa piorou. Um complexo pela magreza, uma vergonha, fez com que ele jamais se apresentasse sem camisa na presença de alguém, incluindo o Comandante e a mãe. Na Escola, aprendeu a relaxar um pouco, pois não era possível conviver com mais de cem colegas de Turma sem dividir certas intimidades, no chuveiro, na pista de carvão, no ginásio. O banho sempre foi gelado, costume que trouxe da infância sem chuveiro elétrico e manteve até o antigo apartamento. Uma coisa que mudou com o acidente foi a sudorese. Antônio, que antes sofria com pilhas de camisas condenadas por causa das manchas debaixo dos braços, com as meias fedidas e a testa brilhosa, agora simplesmente parou de transpirar. O milagre se deu por conta da reconfiguração que o corpo de um lesado medular pode sofrer, já que o organismo fica desregulado e os comandos que vêm do cérebro não chegam aonde têm que chegar: ele quer mexer a perna e não consegue, sofre uma queimadura na barriga e não chega a perceber, coisas assim. Como tudo na vida tem dois lados, o que em princípio parece um inferno absoluto também tem suas vantagens, e Antônio não sente mais o calor sufocante que o acompanhou por toda a vida. A exposição ao sol e às temperaturas elevadas, absolutamente desaconselháveis pelos médicos porque podem fazer a bomba-relógio disparar, não chegam propriamente a fazer falta.

Chovia pesado no dia do acidente, mais ou menos como agora, só que era de manhã. Antônio pegou o carro e deu um giro pela quadra onde costumava jogar vôlei, só para conferir, porque sabia que não tinha condições de haver partida num tempo feio como aquele. Rodou sozinho pelo bairro, sem rumo definido, só gastando gasolina. Cruzou a rua do antigo apartamento e foi direto, contornando a rotatória que dava acesso à estrada principal, o caminho que fazia sempre, para o porto da cidade, para o galpão, todas as tardes. Antônio nunca foi de correr, mas para avançar pela orla em direção ao mirante, ao Parque das Rosas, precisou acelerar um pouco mais passando o posto e, nesse momento, alguma coisa deu errado, talvez uma poça, óleo na pista, porque ali não tinha mais ninguém, não tinha moto, bicicleta, caminhão, não tinha nada, mas, por algum motivo, ele capotou, perdeu o controle, pisou mais fundo do que deveria, abriu demais na curva, a roda bateu numa pedra, no meio-fio, o carro voou pelo canteiro e foi dar na mão contrária, de cabeça para baixo, de lado, depois de uma ou duas voltas, até parar contra um poste.

Antônio levanta a cabeça e percebe que o sujeito saiu, então entra pela porta um senhor de guarda-chuva amarelo, que se recompõe como pode, ajeita o penteado e senta na mesa do canto oposto ao de Antônio, de frente para ele. Seu Onofre não diz nada, apenas abre uma garrafa que tem dentro um líquido encardido, enche dois copos transparentes quase até a boca e serve o senhor do guarda-chuva, que agradece, com a voz tão baixa que não dá nem para escutar, ao que o português responde com um grunhido. A primeira dose ele vira de uma vez, derramando um pouco sobre o tampo e enxugando com um lenço que tira do bolso, logo após secar o excesso dos lábios e da mão. Em seguida passa a degustar a segunda dose, em golinhos, enquanto lê um jornal que sacou de dentro do casaco impermeável, sentado com as pernas cruzadas, como quem lê cada notícia do dia antes de jogá-lo fora. Ele lança um olhar por cima das folhas abertas e fala algo. Antônio sorri de volta fingindo que entendeu, então o senhor se levanta, dobra o jornal em três movimentos, ergue o copo ainda na metade e senta com Antônio, arrumando suas coisas na mesa dele. "Eu disse que achei extraordinário o resultado desse referendo na Islândia." Antônio balança a cabeça como que respondendo "Ãhan", e o senhor continua, "Logo na Islândia. Achei que as pessoas fossem torcer o nariz, mas, veja só, eles votaram a favor", Antônio sorri e se ajeita na almofada, "E pensar que vinte anos atrás esse negócio era crime por lá. Aqui diz que houve campanhas. Mas em vez dos bichas irem para a televisão enfiar o dedo na cara de todo mundo, eles não falavam nada, veja só, quem falava era a família. As mães, as irmãs, as tias, e o bicha do lado, quieto, só concordando com a cabeça. Não acha incrível?".

O homem fala mais um pouco (Antônio concordando com a cabeça, "Ãhan, ãhan") até que pede licença, paga a conta e vai embora. Antônio confere o visor do celular. A Islândia o fez se lembrar da Björk, então faz uma busca e dá o play na primeira faixa do *Vulnicura*. Ele tinha grande expectativa sobre o álbum que retrata a separação do marido, que acabou vazando na rede e teve que ser lançado às pressas. Antônio pesquisou que na história do pop são muito comuns os discos de separação. O Dylan tem, o Caetano. E nesse a crítica especializada diz que a Björk surge carregada de sentimento e melancolia, mas sem perder o tom experimental, que se reflete nos arranjos sombrios, nas letras ao mesmo tempo duras e delicadas, na orquestração, na presença forte das cordas, que contrapõem com o trabalho do produtor venezuelano. Dá para ver que ali tem a mão dele, que é o cara dos *bits*, do clima cavernoso, e por cima de tudo vem a voz da Björk, cada vez mais lírica, a multiartista que vai além da música, sempre pensando em como atingir as pessoas de muitas maneiras, não somente pelo ouvido, a cantora dos clipes poéticos, da vozinha triste, do jeito arrastado de cantar.

Antônio pensa na sorte que foi Arnaldo não estar no banco do carona. O bailarino e coreógrafo excursionava com a companhia em algum lugar da Europa. Não fosse por aquilo, talvez houvesse sangue na porta que, depois da capotagem, se encontrava a meio palmo do nariz de Antônio. Ele não sentia nada. Não via a agitação por trás das ferragens, as pessoas andando para a esquerda e para a direita na chuva enquanto falavam ao celular, não via os frentistas, os poucos curiosos que discutiam se deveriam mexer no corpo do motorista totalmente imóvel dentro do carro, de olhos abertos. Antônio só não podia esquecer que na segunda-feira precisava chegar bem cedinho ao galpão da zona portuária, cuja chave estava no bolso lateral da mochila, pois havia marcado de levar algumas peças, uns quadros nos quais tinha trabalhado a madrugada inteira, coisa pouca, apenas mais uns ajustes aqui e outros ali, e depois arrumar no espaço em que teria sua primeira exposição individual.

Ele foi acumulando trabalhos, muitos deles resultados de oficinas e cursos. Ao longo dos anos se juntou a três ou quatro coletivos, alimentou longas conversas no antigo apartamento, com amigos e conhecidos que também tateavam pelas artes, alguns escrevendo, outros cantando. Com eles aprendeu um bocado. Faltavam poucos dias para o vernissage. Seria num galpão gigantesco, administrado por um conhecido. A ideia era aproveitar a oportunidade para mostrar cerca de quarenta obras. Eram trabalhos de fases distintas: gravuras que nasciam de aquarelas e viravam algo de mais força, fotografias em branco e preto de flagrantes do camarim de uma banda punk, telas que já tinham sido pequenas e mudaram demais nas versões quatro por quatro (e que poderiam ter funcionado bem no espaço disponível), pinturas que traziam outra proposta, com a inserção de colagens de bilhetes de embarque destacando as cidades de partida e de chegada, sugerindo, por exemplo, um voo de uma aldeia na Indonésia direto para o centrão da Califórnia, imagens processadas cinco vezes na máquina para receber todas as camadas de cor, coisas simples que, em repetição, poderiam ganhar ritmo.

O *Vulnicura* está quase no fim, e Antônio conclui que precisa ir embora. O português ajuda com o degrauzão da entrada, faz um sinal com a mão abreviando aquela história de olha, seu Onofre, valeu mesmo, outro dia eu passo aqui e acerto a conta, e se volta para o armazém, buscando a vara de ferro comprida que usará para arriar as quatro portas, bem mais cedo do que faria numa sexta-feira comum. Antônio fica um tempo debaixo da marquise, se afasta alguns metros, encontrando um ângulo que permite enxergar parte dos fundos da casa onde foi criado. Fica numa ladeirinha em curva, que normalmente já seria tranquila, e hoje ainda mais. Acha até bom ter a chance de subir a rua sem ninguém por perto, mais devagar, é verdade, só que livre do constrangimento de ter que fingir que não precisa de uma força nessa chuva. Chega em frente à casa da infância, na calçada do outro lado, meio que protegido por uma amendoeira precisando de poda, pois suas folhas encobrem a luz do poste. Ele confere o visor do telefone encontrando uma sequência de mensagens atrasadas da operadora, daquelas dizendo que alguém ligou enquanto o celular estava desconectado.

Enlatado atrás do volante do carro, ele pensou nos pais. Lembrou que a mãe costumava dizer que ele era uma criança mordedora, daquelas que, talvez porque demorem mais que os filhos dos vizinhos para falar e para andar, cravam os dentes feito cães em qualquer um que esteja ao seu alcance. Ela achava uma atitude horrorosa, morria de vergonha, enquanto o Comandante ficava quieto, com uma cara que não dava para saber se era de orgulho pelo garoto que ainda novinho já mostrava as garras para quem o incomodasse, que dava sinais de macheza, ou se era de vergonha do filho mulherzinha, que gostava de morder e arranhar. Antônio tinha essas ideias na cabeça ao procurar pelo espelho retrovisor, que não encontrou. A equipe de resgate o retirou de lá, seguiu o procedimento-padrão, fez testes, e concluiu que não havia lesões aparentes, nem hematomas nem edemas nem sangue, apenas a marca do cinto de segurança, uma faixa em diagonal no meio do peito, que ia ficar por alguns dias e que um maqueiro achou engraçado demais, porque lembrava o uniforme do Vasco, que por coincidência era o time do Comandante.

Chegou um momento em que Antônio e Arnaldo acabaram se afastando, esse tipo de coisa sempre acontece, não tem jeito, só que, se dependesse de Antônio, a relação teria durado um pouco mais. Eles já vinham se estranhando, é verdade. Arnaldo ficava cada vez mais próximo de um colega de companhia, e Antônio não pôde ir junto na última turnê porque preparava sua exposição, que acabou cancelada depois do acidente. Antônio meio que havia se juntado ao grupo, não como um bailarino contratado, porque ele não sabia dançar, nunca soube, só frequentava os ensaios, ajudava com as caixas, o figurino, a maquiagem, e ia registrando os bastidores, fotografava os movimentos na intenção de algum dia expor as fotos, no hall de alguma sala de espetáculos, talvez num livro, o que jamais chegou a acontecer. Arnaldo ajudou logo depois do acidente, claro, mas aí veio outra viagem, e mais outra, até que um dia ele foi para um endereço diferente.

Antônio espalhou que ia viajar, fez todo mundo pensar que estava muitíssimo bem, que tinha arrumado uma viagem para comemorar o fim da licença, um cruzeiro para o sul, pois a partir daquele momento teria mais tempo disponível, com o máximo de autonomia depois dos meses de reabilitação, que ele estava feliz e com os bolsos cheios para aproveitar mês a mês os proventos integrais da sua aposentadoria de inválido. Durante esse período, semana e pouco, ninguém conhece as coisas que lhe passaram pela cabeça, não há como saber, ficou trancado no antigo apartamento, de lá não saía para nada, não atendia o telefone, não botava o nariz para fora da janela. Se o porteiro batesse à porta ou se deixasse alguém subir, Antônio não atendia. Não se ouvia som algum no antigo apartamento, nem as músicas dos discos que ele tanto adorava e que normalmente não paravam de tocar, nem o barulho do chuveiro ligado, nem talheres, pratos, copos, sequer as garrafas sendo esvaziadas uma a uma e jogadas num canto da sala.

Antônio esfrega as mãos, junta as duas em concha e assopra. Ele treme todo, puxa o zíper do casaco até em cima, levantando a gola de modo a cobrir parte das orelhas e o nariz. Os dedos estão duros, por isso dá um jeito de sentar neles, já que a almofada da cadeira ainda não está toda molhada. Não dá para dizer que esteja exatamente uma noite fria, só que mais da metade do corpo de Antônio não funciona, e alguma válvula desregulada no cérebro ou na medula retarda as sensações de calor ou de frio, e mesmo as suas partes inúteis acabam transmitindo alguma informação. É como quando você entra no mar de manhãzinha e leva um choque, e aí percebe que o sol deve levar o dia inteiro para aquecê-lo. Com Antônio é mais ou menos igual: se fica exposto por muito tempo a condições adversas a resposta também demora, mas acaba vindo. Um sujeito assim se distrai, vai fazendo suas coisas e quando vê a perna está que é gelo puro, então precisa se agasalhar da melhor maneira, uma colcha no colo pode ser que dê certo, porque logo virá uma tremedeira de verdade, ela vem por dentro, vem subindo pelos ossos até chegar em cima, e leva um tempo para as coisas voltarem ao normal. Por isso é bom conselho estar sempre usando meias, e é melhor que elas estejam secas.

Antônio está de frente para a casa onde passou a infância. Olha para um lado e para o outro como quem deseja atravessar a rua, não enxerga ninguém, esbarra sem querer no quadro da cadeira e lembra que a Das Gringa tinha umas partes cobertas por um material acolchoado, uma espécie de espuma impermeável, nas laterais do apoio de pé e nas rodas, bastante úteis para evitar a formação de escaras nas canelas e dar mais firmeza. O maior desespero para um cadeirante ativo é ficar sem sua cadeira. É ser assaltado, quem sabe até dirigindo, e cismarem de levar a única coisa que o torna minimamente autônomo na vida, estar parado numa esquina deserta e dar com um bando de mal-encarados que roube seu dinheiro, seu carro e o largue no chão, sem ter como fugir dali correndo, sem ter como conseguir ajuda, pois as pessoas não têm como saber se o cara deitado na calçada é um mendigo ou se é um golpe, uma tocaia para atrair gente de bem. Os bandidos nem ligam se a vítima pode ou não caminhar com as próprias pernas, se é deficiente mesmo ou se está apenas se fingindo de coitada.

Alguma coisa mudou na fachada da casa, no muro cinza de chapisco, agora com pedaços estufados de umidade e manchas verde-escuras, daqueles que não permitem enxergar o que acontece no interior da propriedade. No portão de ferro da garagem que não abre nunca. Está tudo pichado, cheio de rabiscos e desenhos, uns borrões, e não há como identificar o que eles querem dizer. À esquerda de quem olha assim de frente havia um terreno baldio, onde vivia o velho do saco, onde os garotos mais corajosos construíram uma fortaleza no meio do matagal, onde os marmanjos soltavam pipa o dia inteiro, onde morava um gambá que estava mais para uma ratazana gigantesca do que o bichinho preto com uma faixa branca do topete até a ponta do rabo peludo que passava saltitante todas as tardes no desenho animado da tevê. Agora ali tem uma casa amarela de dois andares, com uma varanda estreita com grades, feita para que quem a ocupe possa acompanhar o movimento da rua sem chamar atenção. No lado direito há uma pequena chácara, com um casebre construído abaixo do nível da calçada, onde moravam a velha, o velho e a filha solteirona, que ficavam sempre dentro de casa e viviam aos berros. Os velhos morreram, mas a filha manteve o hábito de gritar reclamando da sorte, só que agora com as dezenas de gatos, cachorros e passarinhos com nome de gente, que respondem no mesmo tom, e que ela não precisa nem pegar na rua, porque vira e mexe para um carro ou alguém de bicicleta no portão e joga no quintal uma sacola com meia dúzia de filhotinhos dentro, ou algum vira-lata tomado de perebas. Ela também manteve a tradição de furar todas as bolas que caem ali, para fazer raiva nos moleques que jogam futebol de golzinho com traves demarcadas por chinelos de dedo. Antônio identifica vestígios de fogueiras à frente de cada residência e sente o cheiro das cinzas, resultado da prática diária de juntar montes de folhas caídas das árvores e tacar fogo.

Antônio se pergunta com o que estarão se ocupando o Comandante e a mãe neste exato momento. Imagina que ele esteja sentado na poltrona, de frente para a tevê, com o controle em uma das mãos e uma cerveja na outra, à procura não de mais um noticiário (ele assiste a um único jornal, pois já conhece os apresentadores, e chega até a adivinhar as notícias), mas de um filme, uma reprise, alguma coisa no canal de séries antigas, provavelmente reclamando do excesso de novelas no horário. A mãe só pode estar lavando louça, rezando baixinho para não incomodar.

O Comandante e Antônio não se falam desde a baixa na Marinha. Ele passou as férias do quarto para o quinto ano na casa dos pais, como sempre, e não colocou os pés na rua, exceto quando ia até a banca de jornal conferir os classificados de imóveis para alugar. Tinha levado o período letivo anterior no automático, ocupado em planejar minuciosamente a vida que teria a partir dali, escrevendo e reescrevendo uma carta, que deixou num lugar estratégico, para ser encontrada em algumas semanas, quando já estivesse longe e a mãe tivesse que entrar no passadiço para uma limpeza geral. A carta era endereçada aos pais e primeiro pedia desculpas pelo incômodo, pela decepção, depois se despedia, dizendo que assim que possível mandaria seus contatos e que ficassem com Deus.

Antônio nem sequer viu o Comandante nos últimos vinte anos, de modo que não tem como saber se aparenta a idade, se anda meio curvado, se a barriga cresceu ou se mantém o corte estilo reco. Se admitisse pensar no assunto, concluiria facilmente que os dois são bastante parecidos, ainda mais hoje, quando, por algum motivo, Antônio fez a barba que foi seu traço de distinção por muito tempo. Dá para dizer que o filho é como o pai, só que de pele escura e com as orelhas furadas.

Com a mãe as coisas se deram de outra forma. Os dois também ficaram sem se falar e sem se ver por vários anos, até que Antônio se ofereceu para ajudar a organizar um evento importante da diocese, juntando fios, cobrindo o turno de alguém no estande das velas e fitinhas, carregando caixotes. Ele não ganhou nenhum tostão para fazer parte da equipe, mas era quase certo que a mãe estaria por lá, e realmente estava. A caravana da paróquia do bairro era a maior de todas e, entre uma tábua e outra para martelar, Antônio a avistou de longe. Passou algum tempo escorado na traseira de um ônibus de turismo alugado para transportar as beatas, observando a mãe, que estava igualzinha, exceto pelos cabelos mais brancos, penteados para trás num coque sem enfeites logo acima da nuca. Antônio foi reconhecido por um membro da comunidade que frequentava as missas na sua infância e parecia bem mais velho agora. Respondeu a seu cumprimento com um sorriso, porque não se lembrava do nome do homem que falava alto chamando a atenção de todos, e foi juntando gente, até que acabou dando de cara com a mãe. Quando ficaram a sós, ela perguntou como ele estava, disse que jamais chegou a receber a correspondência prometida com seus contatos e que não tinha como encontrá-lo numa cidade tão gigantesca, que ela estava bem, levando a vida conforme a vontade de Deus, que o Comandante, nesse momento ela foi interrompida por Antônio, alegando pressa. De qualquer forma, ele não desejava obter informações sobre o pai. Os dois meio que se abraçaram, e Antônio deixou com a mãe um papelzinho com número de telefone e endereço. Por algum motivo, acabou anotando errado o número do prédio e omitiu o apartamento, mas não faria diferença, já que o combinado foi que ela ligaria primeiro se precisasse de alguma coisa. E assim fizeram a partir daquele dia: a mãe telefonava toda segunda-feira de manhã, quando o Comandante estava na reunião semanal de aposentados no Clube Militar, e eles se encontravam de vez em quando para um café, uns encontros sem registros, porque Antônio gosta mais de uma foto antiga que ele guarda da mãe, uma foto em que ela aparece com os dentes escancarados, no tipo de sorriso que só dura o tempo do fotógrafo dizer "Ok, ficou legal".

Teve uma vez que ela ligou depois de duas ou três semanas sem conseguir saber do filho, e foi Arnaldo quem atendeu. A mãe ficou muda, mas ouviu que Antônio tinha sofrido um acidente, que os médicos tinham descoberto um problema e ele estava internado desde então, consciente, fazendo um tratamento que ia se estender por semanas, talvez um pouco menos se tudo corresse bem, que seu nome era Arnaldo e que. Ele não acreditou quando a mãe desligou na sua cara. Ligou de volta na mesma hora. "Escuta aqui, dona Teresa, eu vou usar de toda a meiguice que Deus não me deu pra te falar umas coisas, e acho bom a senhora me ouvir porque senão vou praí agora e a gente tem essa conversa cara a cara. Eu e Tony estamos juntos há quase dois anos, dona Teresa, dois anos. A gente mora junto, entendeu? Eu sei que a senhora tá bem de saúde, não vai passar mal com a notícia. Quem tá mal é o Antônio, dona Teresa, e ele tá precisando de ajuda, vai precisar do apoio de todo mundo que ama ele. A ressonância acusou necrose na medula. Sei que o Tony vai brigar comigo quando souber dessa nossa conversa, ele diz que eu falo demais, depois eu me entendo com ele. Enfim, era isso, tenha um ótimo dia, e recomendações ao Comandante."

Ela passou a visitar Antônio na clínica e ele disse que não receberia mais ninguém, que ela até podia, se fosse o caso, levar notícias ao Comandante, só que sem muitos detalhes. Não tinha permissão para divulgar o estado em que se encontrava, muito menos comentar o diagnóstico e os resultados dos exames que o neurologista anunciou sem muita convicção.

Antônio foi testado positivo para neuromielite óptica, uma doença degenerativa que lhe roubará os movimentos e a sensibilidade pouco a pouco, até ficar completamente cego e enterrado numa cama, dependendo de alguém que lhe dê comida na colher, de preferência pastosa, pois a doença prevê dificuldades grandes, tanto para deglutir quanto para respirar, no fim de tudo. A deficiência de Antônio não é, portanto, resultado do acidente de carro: ele terminaria entrevado de uma forma ou de outra, o trauma somente acelerou o processo, provocando um surto mais agressivo do que se poderia esperar.

A chuva, que ainda há pouco tinha estiado, agora apertou novamente. Antônio acha até graça quando lembra que boa parte dos trotes na Escola, os mais memoráveis, foram aplicados justamente quando o tempo estava assim. Havia um grupo fixo de boys carteados só para acompanhar de perto a previsão meteorológica. Eles eram responsáveis por manter atualizada uma tabela indicando as noites da semana com maiores chances de chover, para que os veteranos pudessem organizar seus pelotões da madrugada. As atividades geralmente ocorriam no cemitério, área colada à pista de carvão onde havia blocos de concreto pintados a cal, dispostos em linha feito lápides, e os bichos brincavam de crucifixo, com os braços abertos e esticados num ângulo de noventa graus, sem tremer, e cada um que desistia pagava determinado número de flexões, enquanto o vencedor era poupado na rodada seguinte. As expedições regulares noite adentro terminavam sempre no banheiro do espaço anexo ao alojamento dos calouros, onde eles eram submetidos ao plaquetômetro, competição para ver quem suportava mais murros no peito. Havia inclusive uma outra tabela de controle, essa registrando, em ordem decrescente, a quantidade de golpes (que só valiam se pegassem em cheio na plaqueta de identificação, obviamente sem os protetores de plástico para as tachinhas de metal) que cada aspirante fosse capaz de aguentar ainda de pé. E não chegava a ser surpresa para ninguém se, na volta para os beliches, os boys encontrassem seus armários revirados e a roupa de cama encharcada, e o plantonista cumprindo seu papel de garantir, com a lanterna na mão, que eles se deitariam e ficariam ali até de manhã, em silêncio absoluto, quando tocasse a alvorada.

Antônio sente um cheiro de urina. Lembra que a última vez que mijou foi ainda no antigo apartamento, mas a calça molhada de chuva vai disfarçar a mancha. Se estivesse uma noite clara ou, pior, se fosse uma tarde de sol, certamente passaria vergonha. Ele costumava dar desses vexames na infância. A mãe levava o colchão manchado para o quintal e depois recolhia, momentos antes de o Comandante voltar do happy hour. A lesão na medula não deixa que Antônio perceba a bexiga cheia, de maneira que ele teve que aprender a se controlar de outra forma. De quatro em quatro horas ele vai ao banheiro, mesmo sem sentir vontade, e mija num pote transparente ou saco plástico, tanto faz, o importante é ter um contador de volume, e é bom que não ultrapasse a marcação de quatrocentos mililitros a cada vez, que a urina não esteja muito escura ou muito turva, que o odor não esteja muito forte, indicações óbvias de uma bruta infecção no trato urinário, por isso ele administra a ingestão de líquidos, que não pode ser muita, senão vaza, e também não pode ser pouca, para não detonar os rins. Já com relação ao intestino é assim: Antônio senta no vaso uma vez por dia e fica ali pelo tempo que for necessário. Ele procura evitar os alimentos constipantes, procura ingerir as frutas e outras coisas que facilitem o processo intestinal, não come nada que prenda, não come banana nem pão. Trata-se de um equilíbrio delicado entre o que se bebe e o que se come, e o quanto se bebe e o quanto se come, que só se aprende com o tempo, com as experiências que muitas vezes podem resultar em acidentes de percurso.

O período na clínica acabou servindo para entender como as coisas funcionam. Para não dar trabalho aos técnicos e enfermeiros, sempre ocupados com seus muitos afazeres, com toda uma ala de pacientes para cuidar, para dar banho no leito, para administrar de forma justa os medicamentos prescritos pelos especialistas, para executar todos os procedimentos que precisam ser executados, como manda a regra, nos plantões Antônio evitava acionar a campainha instalada ao seu alcance na cabeceira da cama, procurava se virar sozinho para um lado e para o outro, fugindo das escaras ou úlceras de pressão, como se diz, ajeitando como dava o equipamento de acesso venoso espetado em alguma veia do corpo, injetando soro e outros líquidos diretamente no sistema sanguíneo. Para não atrapalhar, Antônio aceitou com um sorriso a sugestão de usar fraldas geriátricas, minimizando as chances de que um funcionário gordo, escalado toda vez que era preciso alguém forte o suficiente para manusear seus ossos compridos, que esse funcionário resmungasse demais por ter que trocar o lençol toda hora.

Depois que se tornou cadeirante, Antônio passou a ter ainda mais dificuldades em controlar a pressa de chegar aos lugares, de fazer o que quer que seja. Procurou de todas as formas garantir o máximo possível de autonomia. Das Gringa foi peça importante nessa transição. Antônio pôde circular pelas ruas graças à estabilidade relativa que a cadeira lhe proporcionava. Seu *tilt* (a diferença em centímetros entre a parte dianteira do assento e a de trás, quando tomamos por referência o piso, que deixa o usuário bem encaixado), sua cambagem de três graus em cada roda traseira, que causava estranhamento a quem a olhasse pela frente ou pelas costas (qualquer um podia perceber o eixo torto, mas era justamente isso que dava segurança e agilidade às manobras) e outros detalhes transformavam Antônio num cadeirante ativo, faziam com que se sentisse quase igual a todo mundo.

Ele consegue até ver o Comandante falando "Quando é que você vai procurar um trabalho de verdade, hein, rapaz? Esse negócio de pintura é coisa de mariquinha". E Antônio fará como aprendeu com o próprio pai, respondendo só depois da segunda ou terceira vez que lhe perguntam quando o assunto não é do seu agrado, "Sim, senhor". Ele costumava ser mais alto e mais forte que o Comandante, foi guarda-bandeira nos tempos de Escola, que era um pelotão destacado, composto apenas pelos de maior estatura e garbo militar, foi da equipe de vôlei, no entanto manteve pela vida a convicção de que o pai poderia agredi-lo sem dificuldades, bastava querer, e poderia aplicar-lhe um tremendo corretivo, a velha lição da Madalena. E a mãe, entre uma ausência e outra, tentaria, a seu modo, protegê-lo, atraindo a atenção do marido para outra coisa, talvez alguma decisão doméstica (ela jamais teve autonomia para decidir sobre as coisas de casa, e tem que pedir dinheiro para as compras e autorização para participar de um evento da igreja, por exemplo), podia ser que funcionasse.

O Comandante sempre acreditou que se deve deixar claro para a criança desde cedo quem é que dá as ordens. Ele defendia a necessidade de postura, de valorizar a voz de comando, sem muitas explicações, dizia que era justamente o que sinalizava o tamanho da merda que o filho havia feito, que ela devia ser usada com sabedoria, para não banalizar, e que só daquela maneira, no tom certo, se podia alcançar os efeitos desejados. A reação de Antônio aos ensinamentos sempre foi de desconcerto. Ele sorria e ruborizava, apesar do tom pardo da pele.

Antônio pensa que o artista deve encarar sua produção da mesma forma que uma criança olha para seus próprios rabiscos. Ela desenha, pinta ou recorta algo e tem a capacidade de enxergar nesses borrões o mundo inteiro. Em seus experimentos, consegue ver nitidamente o pai, a mãe, um elefante alado, e é assim que toma pé das coisas, que vai se constituindo como gente. Antônio costumava desenhar quando pequeno, e diziam que levava jeito. Ele prestava atenção nas cores do bairro, no que estava a seu redor, e vivia rabiscando em qualquer papel disponível, nos envelopes que o Comandante trazia do trabalho e não prestavam para mais nada, nos versos das folhas com os hinos da igreja que não se cantava mais, porque sempre inventam novos. Mas, com o tempo, como acontece com todo mundo, ele foi se afastando dessa prática, foi sendo induzido a olhar para a frente, e não para os lados.

Antônio não dirigiu mais depois do acidente. O carro ficou destruído, era um desses para rodar na cidade, nem tão grande que coubesse uma família dentro nem tão pequeno que não comportasse seus ossos compridos, suas tralhas, as coisas do vôlei, eventualmente as tintas e pincéis. Não deu para consertar, de modo que Antônio recebeu o dinheiro do seguro e guardou no banco. Precisava resolver o que faria a partir dali. Descobriu que tem cadeirante que dirige o próprio automóvel, e é simples, basta que se façam algumas poucas adaptações e que se respeitem os procedimentos burocráticos. Antes de qualquer medida é preciso ir ao departamento de trânsito dar entrada no processo de conversão da carteira, que ao fim de tudo vai receber um carimbo indicando que o condutor tem deficiência, mas só depois de juntar todos os documentos exigidos, originais e cópias: identidade, CPF, comprovante de residência, laudo médico, habilitação, que fica retida até sair a nova. Depois de passar pela perícia confirmando as limitações, a pessoa passa por uma entrevista com psicólogo, exame teórico e teste de habilidades, utilizando o veículo adaptado, o qual, Antônio descobriu na época, estava quebrado e não se sabia quando seria consertado. É tudo de graça, porque uma série de acordos públicos e privados garantem ao contribuinte a isenção das taxas junto às clínicas associadas, aos bancos parceiros e às autoescolas credenciadas. Antônio pesquisou na internet de que jeito um deficiente físico lida na prática com essa coisa de dirigir, assistiu a muitos vídeos mostrando como se faz para entrar no carro, como posicionar a cadeira de forma a facilitar a transferência, como e onde apoiar as mãos para saltar para o assento do motorista (o que pode variar um bocado conforme a limitação, a força, o tamanho e o peso de cada um, por exemplo, tem gente que pula sozinha enquanto alguns precisam do auxílio de uma tábua para deslizar a bunda da cadeira de rodas para dentro), como desmontar os componentes (as rodas, a almofada, os apoios de pé) e colocar um a um no banco do carona ou atrás (o que depende muito do peso e do modelo da cadeira e do carro, pois alguns não oferecem uma angulação razoável de abertura de porta ou do banco mesmo, que é bom que recline bem, ou alguma peça vai prender no volante). Antônio assistiu a depoimentos de jovens empolgados com a liberdade, com a autonomia que dirigir representa. Procurou saber como se faz para adaptar um carro, e descobriu que existem empresas especializadas nesse tipo de serviço, as mesmas que comercializam diversos acessórios, feitos para proporcionar o máximo de conforto possível aos cadeirantes. Elas vendem desde a cadeira de rodas das mais simples, aquelas que têm nos hospitais públicos, às mais modernas, como a Das Gringa, passando pelas mochilinhas de encaixar no encosto, ou no quadro, pelo equipamento meio esteira meio tripé feito para subir escadas num imóvel de dois andares ou mais, e o conjunto de acelerar e frear com os dedos. Mas Antônio jamais comprou outro carro, talvez por causa da obrigatoriedade do câmbio automático (muito útil, mas que ele não gosta porque adora a sensação de poder controlar tudo no manual), talvez pelo preço. Acabou gastando o dinheiro do seguro em outras coisas e nunca mais voltou a dirigir.

Ele pega uma maçã na mochila. Faz algumas horas que não come. No saco há também uma faca envolta num lenço e uma caixinha de fio dental, para usar em seguida. Antônio pega o fio dental e encaixa entre as pernas, apoiado no aparelho celular, que por sua vez está sobre a almofada da cadeira. A faca ele deixa no saco. Ele morde a maçã e a mantém cravada nos dentes, deixando as mãos liberadas para dar um nozinho no saco como aprendeu na Marinha, só que não consegue, talvez pelos dedos molhados, ou pela tremedeira, pelo tamanho da faca, talvez porque não se recorde de que essa técnica é indicada mesmo para cordas, ou cabos, como se diz, então enrola do jeito que pode e enfia de volta na mochila, num espacinho entre as roupas que parece perfeito para tirar quando precisar, sem causar nenhum tipo de acidente.

Antônio sofreu algumas quedas, terminando de bunda no chão, desconjuntado qual marionete quando não há ninguém segurando as cordinhas, pensando ao mesmo tempo em muitas coisas, sobretudo numa forma de subir de novo para a almofada.

Foram apenas quatro episódios, todos eles com Das Gringa, que de repente era leve demais. E dá para falar deles como sendo um só, com exceção do último, que foi outra coisa. De modo geral, esse tipo de acidente ocorre assim: o sujeito já tem alguma experiência tocando a cadeira e se sente seguro para abrir mão de um mínimo de auxílio. Já passou pela fase de sentir medo de tudo o que aparece, de imaginar que uma simples transferência para um sofá, por exemplo, é como um salto de bungee-jump, então relaxa. Ele acha que um obstáculo mais complexo, uma buraqueira, uma rampa cascuda, requer de fato uma atenção especial, no entanto chega o dia em que acontece: parado sozinho, esperando o elevador ou na própria sala amarrando os sapatos, quando menos espera, ele cai. Se alguém fotografasse a cena, ia parecer com o cadáver de um cara que acabou de saltar pela janela (com as pernas cruzadas de uma forma esquisita, uma delas torta demais para a esquerda e a outra dobrada ao contrário), só que sem sangue. E a coisa demora, é engraçado como aquilo que parece rápido, a queda da altura de uns poucos centímetros, na verdade demora, e durante o *slow motion* ele primeiro tenta mexer as canelas, tenta acionar o mecanismo que evita que as pessoas normais passem por esse vexame, e só depois se lembra de que não tem como, então tenta os braços, e até consegue, mas isso não resolve o problema, porque tem muito mais corpo caindo do que braço para segurar. (O segredo é proteger a cabeça, se ela bate numa quina ou no chão pode ser um caso sério. E é bom que a língua não fique entre os dentes, ou o corte vai ser profundo.) E ele ainda tem tempo de olhar para os lados, de dar uma geral para sentir se tem alguém por perto, e nem é para procurar quem ajude, já que isso não é possível, mas para saber se haverá testemunhas, quantos vão perguntar se está machucado, quantos vão coçar a cabeça pensando "E agora?", quantos vão suspender o cadeirante pelos sovacos e pelas dobras atrás dos joelhos para sentá-lo de volta, de modo que possam seguir seu caminho e esquecer rapidamente o ocorrido.

Depois da semana e pouco que passou no antigo apartamento com as pessoas pensando que estivesse num cruzeiro de delícias, Antônio ressurgiu, só que um tanto diferente. Voltou a se encontrar com velhos amigos e a recebê-los em casa. Era uma gente animada, que gostava de beber e fumar, do tipo chegado às boates do submundo, que marca encontros pelas redes sociais, em banheiro de shopping ou de academia, estação do metrô, atrás da moita numa praça. Uns menos e outros mais indiscretos, que Antônio foi conhecendo ao longo da vida, em eventos isolados, e que naqueles dias voltaram com força total, não dispersos, um a um, como costumava ser, mas todos juntos. Atendendo a uma convocação invisível, eles foram chegando, sem a mais vaga ideia de como se portar com Antônio, mas cheios de curiosidade, que foram sumindo pouco a pouco. Algo se quebra depois que você vira cadeirante, ou desencaixa, e não é verdade o que dizem os psicólogos, que o sexo continua sendo sexo, do ponto de vista de um deficiente, que o sexo está mais na cabeça do que no órgão genital. Sexo é pau duro, é penetração, e não dá para ignorar que mais de setenta por cento do corpo de um homem assim fica fora de uso, não adianta tocar que ele não sente nada. Os dias de loucura terminaram quando Antônio caiu da cadeira de rodas pela última vez, nas mãos de um desses amigos. O sujeito o carregou no colo, colocou de volta na cama, desligou o som e foi embora.

O tempo flui de uma forma estranha para Antônio. Ele percebe o presente expandido, capaz de comportar os acontecimentos do passado como se estivessem ocorrendo agora e o futuro que ele já conhece, pois tem premonições da morte, sabe que está perto dela e como vai acontecer.

Então Antônio se dá conta de que precisa atravessar a rua. Solta os freios e avança um pouquinho para a frente, procurando um lugar mais rebaixado para empinar nas rodas traseiras e passar com um mínimo de segurança, apesar da mão invisível puxando a cadeira para baixo o tempo todo. Encontra um espaço onde é possível arriscar, uma grande poça, e é por ela mesma que Antônio vai. Não tem como saber o que há por baixo dela, de modo que pode ser um buraco ou um bueiro com a tampa quebrada, mas também pode ser um caminho, sinal de que naquele ponto, onde o meio-fio desaparece na água acumulada da chuva, existe uma passagem. De uma forma ou de outra, ele vai ter como chegar à entrada da casa.

Antônio atravessa. Aciona os freios novamente. Apoia os cotovelos nos braços escamoteáveis da cadeira, analisando o portão da casa dos pais, que está fechado, e o degrau. Escuta uma voz de mulher vinda da casa vizinha, a amarela à esquerda. Olha em sua direção e identifica uma silhueta no segundo andar, por trás da cortina do que parece ser um quarto iluminado por luz fraca, talvez de abajur. Ela insiste: "Toca a campainha. Já tocou?". Antônio faz que não com a cabeça e a mulher continua: "A essa hora eles estão em casa, tá procurando quem?". Por algum motivo, ele de novo faz que não com a cabeça. Antes que possa dizer algo, a mulher emenda: "Achei muito estranho que tá tudo escuro hoje, eles nem acenderam a luz da varanda. Tá acontecendo alguma coisa? O Antônio não saiu de casa hoje. Às sextas ele costuma sair depois do almoço e só volta no finzinho da tarde, mas com essa chuva deve ter mudado de ideia, não é mesmo?". Antônio destrava os freios da cadeira, vai para mais perto do portão e toca uma, duas vezes, mas a campainha não emite som nenhum. Ele se ajeita na almofada, arma seu melhor sorriso, se vira para a vizinha que chama o Comandante pelo nome e fala "Hein?".

© Carlos Eduardo Pereira, 2017

Todos os direitos desta edição reservados à Todavia.

Grafia atualizada segundo o Acordo Ortográfico da Língua
Portuguesa de 1990, que entrou em vigor no Brasil em 2009.

capa
Flávia Castanheira
ilustração de capa
Zansky
preparação
Lígia Azevedo
revisão
Amanda Zampieri
Rafaela Cera
produção gráfica
Aline Valli

Dados Internacionais de Catalogação na Publicação (CIP)
——
Eduardo Pereira, Carlos (1973-)
Enquanto os dentes: Carlos Eduardo Pereira
São Paulo: Todavia, 1ª ed., 2017
96 páginas

ISBN 978-85-93828-30-0

1. Literatura brasileira 2. Romance I. Título

CDD 869.3
——
Índice para catálogo sistemático:
1. Literatura brasileira: Romance 869.3

todavia
Rua Luís Anhaia, 44
05433.020 São Paulo SP
T. 55 11. 3094 0500
www.todavialivros.com.br

fonte
Register*
papel
Munken print cream
80 g/m²
impressão
Geográfica